*Le soleil
au bout de la nuit*

Nicole Castioni

Le soleil au bout de la nuit

Albin Michel

© Éditions Albin Michel, S.A., 1998
22, rue Huyghens, 75014 Paris
www.albin-michel.fr
ISBN : 2-226-10070-9

*À mes filles, à mon mari.
À ma famille.
À mes amies et amis
d'hier et d'aujourd'hui.*

Savoir souffrir
En silence, sans murmure,
Ni défense ni armure
Souffrir à vouloir mourir
Et se relever
Comme on renaît de ses cendres,
Avec tant d'amour à revendre
Qu'on tire un trait sur le passé.

Apprendre à rêver
À rêver pour deux,
Rien qu'en fermant les yeux,
Et savoir donner
Donner sans rature
Ni demi-mesure
Apprendre à rester
Vouloir jusqu'au bout
Rester malgré tout,
Apprendre à aimer.
Et s'en aller,
Et s'en aller...

Lionel Florence / Pascal Obispo

Préambule pour mes filles

*Mes amours,
mes deux merveilleux amours,*

depuis que vous êtes nées, depuis le jour où vous êtes sorties de mon ventre pour entrer dans ma vie, il n'y a pas eu un instant où je ne me sois dit : « Il faudra que je leur explique. »
Mais comment faire ?
Ce n'est pas si facile, vous verrez.
Alors, j'ai eu l'idée d'écrire cette histoire, de l'écrire pour vous. C'est tellement plus simple, d'écrire. Il n'y a personne pour vous interrompre, personne pour anticiper ou poser des questions. On est seul avec son silence et le bruit de sa vie.

Bien sûr, vous serez grandes lorsque vous lirez ceci. Et même alors, je vous préviens : ce n'est pas un conte de fées, bien qu'on y trouve un prince charmant, quelques sorcières et d'étranges carrosses qui ne vous emmènent nulle part.
Ce n'est pas un conte, c'est une « histoire vraie ». L'histoire d'une petite fille vive et gaie comme vous l'êtes aujourd'hui, et qui, en devenant grande, a changé de nom parce qu'elle ne se reconnaissait plus. Elle voulait oublier son nom parce qu'il y avait dans son cœur un trop lourd secret, une trop grosse blessure.

Et puis, elle a aimé un homme. Elle a aimé à en mourir, comme on a quelquefois raison de dire, et cet amour a creusé dans sa vie comme un trou noir. Quand elle en est sortie, elle a dû faire un long chemin pour devenir encore une autre personne.
Elle est restée cinq ans dans ce trou noir.

C'est mon histoire.
C'est aussi l'histoire de beaucoup de jeunes filles, qu'elles s'appellent Nicole, Isabelle ou Nathalie — ou qu'elles aient oublié leur nom.
Et c'est aussi mon testament, ma trace pour vous, mes filles.

Omar Khâyam, qui était un sage persan et un grand poète, a écrit, il y a très longtemps : « Sois heureux un instant ; cet instant, c'est la vie. »
Pour deux petites puces de cinq et dix ans, cela ne veut pas dire grand-chose. Mais vous grandirez, et je veux que vous le sachiez : toute vie n'est qu'un bref instant. Personne n'a le droit de vous en voler un morceau.
Personne n'a le droit de prendre la vie d'un autre, d'« oublier » que l'autre a un corps et une âme. Personne.

C'est pour cela, mes chéries, que j'ai écrit ce livre.
Et pour vous dire combien je vous aime.

1995

— Levez la main droite et dites : «Je le jure.»
— Je le jure.
— Madame la députée, je tiens à vous féliciter pour votre élection.

Madame la députée, aussitôt, est très entourée, très sollicitée. Les parlementaires de son groupe, et quelques autres, se pressent autour de la nouvelle «élue du peuple». Son tailleur a beaucoup de succès, tout comme son itinéraire atypique.
— Au fait, ma chère, vous avez démissionné de votre poste de juge assesseur?
— Ce sont vos filles? Ravissantes, ravissantes.
— Mais comment allez-vous jongler avec toutes ces responsabilités? Vous verrez, pour une femme, la politique, c'est dur... Très chic, votre sac à main.
C'est à Genève, un soir d'octobre 1995.
Je suis députée, je viens de prêter serment.

Un énorme bouquet de fleurs dans les bras, offert par la commune où j'étais jusqu'à ce jour conseillère municipale, je me retrouve, les congratulations passées, assise sur mon banc, au milieu de mon groupe parlementaire.

C'est à ce moment-là seulement que je mesure, en un éclair, le chemin parcouru depuis dix ans.

Que dire d'un tel instant, qui ne soit pas ridiculement solennel ?

Je serai donc ridiculement solennelle : ce qui se passe là est l'aboutissement de dix ans de routes et de déroutes, de défaites et de victoires, et c'est comme si, d'un seul souffle, l'espoir, le bonheur, la vie même renaissaient de leurs cendres.

Et ceux qui sont là, autour de moi, et qui pensent me connaître — les députés de mon groupe, mes amis étudiants, mes collègues du tribunal —, aucun d'eux ne sait ce qui m'a conduite là. Ils ne peuvent pas imaginer l'inimaginable ; ils ne voudraient pas le croire.

Comment expliquer sans choquer ? Comment faire comprendre ? Et surtout, comment faire pour que ce qui m'est arrivé n'arrive pas à d'autres ?

Car c'est cela, l'essentiel. Pour moi, le cauchemar est terminé : il y a avant et maintenant. Mais je sais bien qu'il y a surtout demain. C'est pour cela que je suis ici, mon bouquet à la main, et c'est pour cela que j'ai prêté serment.

Qu'on me laisse m'arranger avec mes propres blessures, physiques et morales : c'est pour les épargner aux autres que je suis, comme on dit, « entrée en politique ». Et c'est à cela seulement que je veux m'employer désormais.

Raconter mon histoire fait partie de ce projet. Mais, bien sûr, c'est aussi une entreprise égoïste. Mon passé est trop lourd pour que je le porte seule ; je dois absolument le partager, ne plus être seule à savoir.

Est-ce innocence, est-ce naïveté ou simplement

affaire de tempérament : toute ma vie, j'ai jonglé avec les extrêmes, l'extrême malheur comme l'extrême bonheur. Je *suis* extrême. Il me faut toujours aller au bout des choses, au bout du mal comme au bout du bien. Au bout de l'amour, du travail, de la vie.

J'aurais peut-être dû garder cette histoire pour moi ; je n'ai pas pu, je n'ai pas su.

Je mesure, ce faisant, le risque que j'encours. Il me faudra affronter, de la part de ceux que j'aime, un regard nouveau, et je sais ce que j'ai à perdre. Mais je peux aussi gagner : n'y aurait-il qu'une seule jeune fille, qu'un seul enfant, qui, après m'avoir lue, trouverait le courage de crier à son tour, que ce livre aurait atteint son objectif.

On voit que je ne demande pas grand-chose, même si j'espère beaucoup.

Je n'ai rien à justifier, rien à me reprocher.

J'avais perdu le sens des réalités, le sens du bien et celui du mal. Ce sont des choses qui arrivent.

J'ai vendu mes vingt ans, ma beauté, ma jeunesse.

1968

Je devais me laisser faire, ne pas crier, ne rien dire.

Une petite fille de dix ans essaie de pousser une armoire devant la porte pour que l'homme ne puisse pas entrer, ni dans sa chambre ni dans son corps.

Combien de temps cela a-t-il duré?
J'avais huit ans, je crois, quand ça a commencé.
Aujourd'hui, je compte les années; à l'époque, seuls comptaient mes anniversaires.
C'est le 14 juillet 1968, le jour de mes dix ans, que j'ai cherché en vain à déplacer l'armoire de la chambre d'hôtel où nous passions nos vacances, mes parents et moi. Quand j'ai compris que je n'y arriverais pas, j'ai pleuré toutes les larmes de mon corps.

J'ai plein de vide dans mon enfance, et cet homme creuse le vide.
Il me domine, aussi.

Pourquoi je ne dis rien?
Parce qu'on ne m'écoute pas.

J'ai dix ans et je veux mourir.
Je crois que toutes les petites filles ont envie de mourir, mais ce jour-là ma marraine doit venir me voir. Alors, j'attends. Je me dis :
«Je vais attendre. Il ne faut pas que je lui fasse de la peine; on verra ça plus tard.»

Je suis une petite fille très gaie, très drôle.
Quand je n'ai pas envie de mourir, j'ai envie de partir.

J'avais huit ans, la première fois, et je suis bien allée jusqu'au bout de l'allée qui conduisait à la route. Là, je me suis assise par terre, et j'ai discuté de tout ça avec Nicolas. Nicolas, c'était mon ours en peluche. Je ne pouvais pas partir sans lui, et lui ne voulait pas.
La fois suivante, je l'ai laissé à la maison. Mes parents ont eu peur, un peu. Après ça, ils ont fait comme s'ils ne s'apercevaient pas de mes fugues.

Nous habitons un appartement au rez-de-chaussée d'un immeuble de trois étages, dans un quartier résidentiel de Genève. Il y a beaucoup d'enfants de mon âge aux alentours, et nous formons une bande.
Et puis, il y a Gabrielle. C'est ma complice, ma meilleure amie; nous aimons nous faire passer pour sœurs, même si elle a déjà une vraie sœur, plus grande, Cyrille, qui m'impressionne beaucoup parce qu'elle est très belle.

Il y a aussi la bande des garçons.
Ma mère, de temps en temps, organise des repas «poulets-frites» où nous nous retrouvons tous.
Nous transformons les sous-sols des immeubles en

salles de théâtre. Un jour, je chante *Comme un garçon*, de Sylvie Vartan ; c'est mon plus grand succès. Mais je suis une fille.

Même à Gabrielle, je n'ai pas parlé de l'homme ; c'était mon secret.
Je continuais à rire et à jouer comme si de rien n'était.
Beaucoup plus tard — nous étions adultes — j'ai tout raconté à Gabrielle. Elle m'a dit qu'elle n'était pas surprise, qu'au fond elle le savait.

Pourtant, c'était comme s'il ne se passait rien. Même quand je pleurais, même quand je voulais mourir ou partir, je ne pensais pas à ça. Je ne savais pas pourquoi j'étais si triste, pourquoi tout était vide.
Il a fallu des années pour que je comprenne que ce qui se passait n'était pas normal, que ça n'arrivait pas à toutes les petites filles.

Lui trouvait ça normal.
J'étais là pour ça ; il n'y avait pas de raison de se gêner.
Mes parents ne voyaient rien, ou ne voulaient rien voir ; ils regardaient ailleurs. Ils regardaient la télévision. En 1968, le rêve de maman, c'était d'avoir la télé couleur.

A dix ans, sa petite fille n'en était plus une.

Nous étions une famille unie, mais nous vivions côte à côte plutôt qu'ensemble, chacun pour soi, sur son petit nuage. J'étais la dernière des trois enfants.
Maman était une « vraie maman », un amour de maman, la reine des goûters, des gâteaux et des confitures. Elle était tendre, j'étais sa « petite

chatte ». Elle aimait coudre et tenir son ménage, mais elle était malade aussi. Tout le temps malade. Elle souffrait réellement de maladies fantômes, et elle rêvait beaucoup.

Ma mère nous racontait souvent des histoires, mais elle changeait et adaptait constamment la teneur de ses récits, qui devaient tous comporter des situations périlleuses, et elle réinventait sans cesse sa jeunesse. Un jour, elle était une ancienne étudiante des Beaux-Arts, et le lendemain elle avait appartenu à la Résistance dans le Vercors. Elle a vécu toute sa vie comme ça, dans les histoires qu'elle se racontait, et son regard portait très loin, au fond de ses rêves, passant par-dessus moi.

Que pouvait-elle voir, en effet ?

Mon père était « la bonté même », tout le monde le disait.

Ingénieur de formation, il dirigeait une petite usine d'électronique. Il était aussi consultant dans un hôpital. Il gagnait bien sa vie, et la nôtre : ma mère ne travaillait pas.

En vérité, c'était un véritable Professeur Tournesol, passant son temps à inventer des trucs et des machins pour son métier comme en dehors : il a déposé plusieurs brevets. Il éprouvait une admiration inconditionnelle pour les chercheurs, les savants, les grands médecins. Aucun autre type d'hommes ne trouvait grâce à ses yeux, surtout pas les artistes.

« Tout ce qui est beau est inutile », répétait-il souvent.

Son monde était simple : les garçons — mes deux frères aînés, par exemple — devaient faire des études scientifiques, et les filles rester à la maison, où il y a bien assez à faire avec le ménage et les enfants.

Ni lui ni ma mère ne se sont jamais intéressés à mes résultats scolaires, ni même souciés de me faire réciter mes leçons : à quoi bon, puisque j'en savais toujours suffisamment à leurs yeux ?

Il m'arrivait parfois de cesser tout à fait de travailler, de manière à rapporter les pires notes possibles ; je me suis même appliquée à redoubler une classe, pour provoquer une réaction, quelque chose qui m'aurait montré qu'on s'inquiétait de moi. Peine perdue bonne ou mauvaise élève, j'étais toujours la petite Nicole qu'on aimait beaucoup et à qui on ne demandait rien.

Quand j'ai eu dix-huit ans, mes parents m'ont demandé ce que je désirais pour mon anniversaire.

— Des cours d'auto-école, ai-je répondu.

Mon père a haussé les épaules : une fille n'avait pas besoin de savoir conduire, il lui suffisait de savoir *se* conduire.

Oui, mais...

Oui, mais mon gentil papa qui aimait tant ses enfants et qui fabriquait de si belles machines ne m'a jamais dit comment il fallait me conduire.

Oui, mais ma douce maman qui rêvait au Vercors préférait ne rien voir.

Et s'ils ne voyaient rien, s'ils ne disaient rien, c'était sûrement, pensais-je, qu'il n'y avait rien à voir, ni à dire. C'étaient mes parents, ils m'aimaient, ils n'auraient pas voulu qu'on me fasse du mal : c'était donc qu'il ne se passait rien.

Ou que c'était normal.

Partout, on se servait des petites Nicole et elles n'avaient rien à dire ; c'était comme ça.

1971

Ensuite, cela a été l'ami de la famille.

L'autre homme a disparu. J'ai réussi à lui dire non. J'ai treize ans, maintenant.
Je rêve de devenir mannequin, je suis sûre que c'est un métier pour moi. Je vois bien qu'on me regarde, et puis j'ai des miroirs et je ne suis pas aveugle. Si je dois réussir dans la vie, ce sera par mon corps. L'intelligence, c'est pour les garçons; mon père a forcément raison.

Ça tombe bien : le meilleur ami de mes parents est photographe amateur.
Ça tombe bien pour lui.
La petite Nicole veut être mannequin? Il est là pour faire des photos d'elle, qu'on pourra montrer aux agences.
Papa, maman sont bien contents.
L'ami est très gentil, très persuasif : à chaque séance, les photos se font plus « suggestives », c'est si naturel. Nicole enlève ceci, Nicole enlève cela. Nicole ne proteste pas, elle est consentante. Une petite fille doit obéir, et puis ce n'est pas pire qu'à dix ans

Mais un jour, les photos sont découvertes par la femme de l'ami, qui les avait cachées dans sa cave. Il y avait les photos qu'il montrait et celles qu'il ne montrait pas.

Cris, hystérie de l'épouse qui téléphone aux parents du petit modèle.

Maman n'est pas contente. « Ce n'est pas bien », dit-elle.

Mais il n'y a pas non plus de quoi fouetter sa « petite chatte » — ni l'ami photographe. Pas de quoi renverser le cours des choses. Ni elle ni mon père ne changeront rien à leurs relations avec cet homme et sa femme : l'amitié, c'est sacré. Cet été-là, ils partiront même en vacances ensemble.

D'accord, j'ai compris : c'est moi la pute, la salope, l'allumeuse.

Le message est passé.

Tout de même, je me sens soulagée.

Je tremblais, jusque-là, chaque fois que je rentrais de l'école, à l'idée qu'on découvre ces photos. C'est fait, et ça ne fait rien.

Tout le monde s'aime ; on ne va pas se fâcher pour si peu.

Nicole ? Oh ! Nicole...

Nicole s'est vengée plus tard.

Sur elle-même.

Elle s'est droguée à en crever. Elle s'est faite pute à en crever.

La femme que j'étais devenue à vingt ans devait faire payer à la petite fille son silence.

Vendre mon corps me vengeait de l'avoir laissé prendre.

Vendu ou offert, que faire avec son corps, sinon le livrer aux hommes ?
Ils sont tellement les plus forts.

1976

A dix-huit ans, je voulais me marier.

Mon premier amour avait le double de mon âge et, à l'époque, c'était une manière de star en Suisse. Il avait remporté une médaille d'or aux derniers Jeux Olympiques, et les gens l'arrêtaient dans la rue pour lui demander des autographes. Il était très imposant et j'étais très amoureuse, ou bien je le croyais.

Je l'avais rencontré à la piscine où je travaillais le jeudi et le samedi comme maître nageur. Il était marié ; il quitta sa femme pour vivre avec moi. C'était très valorisant. En tout cas, c'était l'avis de mes parents. Et puis, j'étais « casée » ; pour eux, c'était ça l'important.

Il loua un petit appartement au treizième étage d'un immeuble. Nous y avons vécu six mois.

Six mois à jouer à la grande dame, à rêver d'un bébé que j'aurais appelé Nicolas, comme mon ours. Six mois au bout desquels il me quitta pour une femme de trente ans.

Ce fut un grand chagrin et une grande humiliation. C'était ma faute, pensais-je, je m'étais mal occupée de lui. Et puis, j'étais trop grosse, ce devait être la raison. Bien entendu, je n'étais pas grosse du tout, mais, pour le reconquérir, je me suis mise à maigrir, j'ai tout fait pour ça. Deux kilos, cinq kilos, dix kilos... et, au bout, l'anorexie.

Ma première histoire d'amour s'est terminée sous perfusion.

Mais j'étais jeune ; j'ai ravalé ma peine et j'ai repris du poids.

Fini le rêve de jeune épouse et mère. Mannequin je devais être, mannequin je serais. On s'invente vite un destin.

L'agence Mona Currat m'ouvrit ses portes. On y apprenait le métier. Ce n'était pas une grande agence, ni une très haute école, mais Mona se dévouait corps et âme pour que nous puissions réussir.

Je retrouve des photos de ce temps, et l'espèce de fiche signalétique que nous avions toutes, et qui circulait :

Hauteur : 170
Poitrine : 85
Taille : 63
Hanches : 93
Taille confection : 38
Cheveux : bruns
Yeux : marron
Pointure : 38
Gants : 6

C'est moi, c'est Nicole. Mannequin, jouet, future pute.

1979

Qui a bien pu me mettre cette idée dans la tête ? Moi, sans doute : il ne faut pas chercher trop loin. Toujours est-il que cette année-là, je décide de me présenter à l'élection de Miss Suisse.

Il semble donc bien qu'à vingt et un ans, j'aie tout misé sur mon apparence, sur mon corps. Même si l'enjeu — aujourd'hui surtout — m'apparaît obscur, il est certain qu'être Miss Quelque-Chose, c'est remporter le gros lot. Après ça, on vous montre, on vous exporte, et vogue la galère dorée !

Pas de chance : quatrième sur vingt-huit candidates. J'étais pourtant belle, ce soir-là.

Quatrième, c'est la plus mauvaise place, celle qui laisse le goût le plus amer : la Miss et ses deux dauphines gagnent des bijoux, des voyages et la possibilité de représenter la Suisse aux élections de Miss Monde, Miss Univers et Miss Photogénie. La gloire, quoi ! Exactement celle dont je rêvais.

Moi, on m'offre un bon pour un trajet de cent kilomètres en train et un petit appareil photo. Ils appellent ça un lot de consolation. Lot de rage, oui !

Je resterai donc mannequin à l'agence Mona Currat. Quelque chose, un jour, viendra bien me sortir de là. Je ne m'inquiète pas trop, et c'est de bon cœur, avec application même, que j'effectue une tournée de présentation de maillots de bains pour une chaîne de grands magasins et que je pose pour des catalogues de vente par correspondance, ou pour des photos «artistiquement» dévêtues destinées à un magazine allemand. Il y a longtemps que je sais faire ça.

Mon ami de l'époque s'appelle Jésus, tout simplement. Il a aussi vingt ans de plus que moi, comme mon ami sportif. Il est photographe, naturellement. Mais surtout, il est brillant, gentil et drôle. Nous nous sommes aimés doucement, sans passion, sans déchirure. Il avait accroché dans son appartement de magnifiques photos de moi en noir et blanc. Parce qu'il me regardait avec tendresse, j'étais belle dans son objectif.

Tout allait vite à cette époque, ou bien est-ce que tout va toujours vite quand on a vingt ans ?
J'avais arrêté mes études juste après le bac et suivi quelques cours au Conservatoire, mais qui ne m'ont mené qu'à faire un peu de figuration au théâtre. Ce qu'on appelle de la «figuration-lumière», qui consiste à remplacer le comédien pendant qu'on règle les éclairages. Pas grand-chose, comme on voit, mais cependant nous étions costumés et nous devions bouger sur la scène comme le feraient les comédiens.
Il s'agissait cette fois-là du spectacle *Les Hauts de Hurlevent*, mis en scène par Robert Hossein, qui m'apparut comme un homme magnifique, très

impressionnant. Il fut délicieux avec moi ; c'était flatteur.

Du théâtre, je passai à la télévision, toujours comme figurante, et de la télévision au cinéma. Si l'on regarde bien, on peut m'apercevoir dans *Sauve qui peut la vie,* de Jean-Luc Godard, avec Nathalie Baye et Jacques Dutronc. J'y dis deux phrases. Le commencement d'une grande carrière !
Le film ayant été sélectionné pour le Festival de Cannes, je reçus une invitation à m'y rendre.
Je ne suis jamais allée à Cannes ; entre-temps, ma route avait croisé celle de Jean-Michel. J'allais entrer dans le tunnel.

Tout de suite, je fus ivre de passion.
Nous étions faits l'un pour l'autre — lui que gouvernait une terrible pulsion de mort tournée vers l'extérieur, agressive et destructrice ; moi qui, obéissant sans doute à un sentiment de culpabilité inconscient, recherchais, désirais le rôle de la victime.
Nous avons été servis, l'un et l'autre.

C'était au mois de septembre 1979. Ce soir-là, j'étais dans une boîte alors à la mode, le « Club 58 », avec mon amie Patricia, dont nous fêtions l'anniversaire.

Accoudé au bar, non loin de notre table, il y avait ce type qui buvait un whisky avec beaucoup de glaçons tout en fumant un havane. Grand, brun, les yeux bleus, il était sapé comme un prince. Je le trouvais terriblement beau ; Patricia aussi.

— On dirait Alain Delon avec l'air voyou de Johnny Hallyday, observa-t-elle.

J'étais d'accord. J'aurais été d'accord avec n'importe quoi, pourvu qu'on le déclarât superbe.

Il s'aperçut que nous le dévorions des yeux et, avec la nonchalance naturelle des hommes de trente ans (il en avait trente-deux) habitués à plaire, il s'invita lui-même à notre table. J'eus bientôt le plaisir de constater que c'était à moi qu'il s'intéressait. Mon cœur se mit à battre plus vite, ma tête à gamberger.

Il expliqua qu'il était parisien et qu'il travaillait dans la mode et pour *Cosmopolitan*, ce qui acheva de m'éblouir. Dès lors, tout fut merveilleusement simple, et nous convînmes d'un rendez-vous pour le lendemain. Il passerait me chercher chez moi.

Jean-Michel, j'étais si follement excitée en t'attendant, ce jour-là. Et tu étais si beau, encore plus beau que la veille, me disais-je. Et ta Ferrari rouge...

Nous allâmes dîner dans un grand restaurant. Il avait une incroyable élégance, et puis ce charme, cette gaieté de chaque instant, cette prévenance...
La soirée fut un enchantement, et la nuit une révélation.

Il devait partir le lendemain pour Paris, mais jamais il ne fut autant présent. Il me téléphonait plusieurs fois par jour et, chaque matin, un livreur d'Interflora m'apportait un énorme bouquet. C'était le monde entier qui se couvrait de fleurs ; j'étais éperdument amoureuse, jamais je n'avais ressenti un tel élan envers un homme.
Au mois d'octobre, il m'emmena quelques jours au Maroc, à Agadir. Je n'étais jamais allée aussi loin, ni sur la terre ni dans l'amour, et quand, le mois suivant, il m'invita à le rejoindre à Paris, j'étais sûre qu'il allait m'ouvrir le monde.
Ce qu'il fit, en un sens.

Jean-Michel partageait un appartement luxueux avec sa mère. Pour l'heure, avec tous ses voyages, cet arrangement lui convenait. Plus tard, nous prendrions quelque chose à nous, il me ferait beaucoup d'enfants.

Je disais : « Oui, Jean-Michel », je souriais. Paris s'offrait à moi dans son plus bel automne.

Il me présenta tout de suite sa mère, qu'il appelait « Mouche ». Elle dirigeait une galerie d'art, et les murs de l'appartement étaient couverts de tableaux. Mouche était belle, elle adorait son fils et lui était totalement soumise. Lui la détestait.

C'était son père qu'il aimait, mais son père était mort. Jean-Michel avait toujours les larmes aux yeux quand il en parlait. Grand joueur, son père s'était suicidé après une nuit de flambe où il avait perdu tout ce qu'il avait.

— C'était un vrai seigneur, répétait Jean-Michel. Il avait toutes les femmes qu'il voulait, les plus belles, les plus riches. Ma mère, il l'écrasait. Ma mère, ce n'est rien.

Sa mère, et toutes les autres femmes — mais comment l'aurais-je deviné alors ? Il m'a fallu longtemps pour comprendre ce que cette misogynie cachait d'homosexualité refoulée. A vingt et un ans, j'étais bien trop jeune pour savoir ce genre de choses, et son discours constamment péjoratif sur les femmes ne me gênait pas : c'était celui que tenaient mon père et la plupart des hommes que j'avais connus.

A moi, il m'offrait des fleurs.

Souvent aussi, il me parlait de son fils Sammy, qui avait dix ans et qui lui manquait.

Jean-Michel avait jadis été marié à un mannequin de haute couture, Marie-Sylvie. Ils avaient divorcé, et Sammy vivait maintenant à São Paulo, au Brésil, avec sa mère et le nouveau mari de celle-ci, un peintre connu.

Tout cela me paraissait merveilleusement excitant. J'étais subjuguée par les récits que Jean-Michel me faisait de sa vie, et au moins autant par ce qu'il taisait et qui me faisait pressentir de redoutables, de délicieux mystères.

Cendrillon avait trouvé son prince.

De retour à Genève, je n'eus de cesse que d'aller le rejoindre.

Je pris contact avec une agence parisienne de mannequins. Je voulais travailler et rester indépendante. Ou bien, est-ce que, simplement, je ne voulais pas lui peser ? Mais je dus rapidement déchanter. La mode, à Paris, était aux grandes Suédoises : avec mon mètre soixante-dix, j'étais tout juste bonne pour le prêt-à-porter.

Je me consolai vite, puisque, apparemment, je ne pesais pas à Jean-Michel. Après quelques aller et retour entre Genève et Paris, dont il profita pour faire la conquête de ma mère, qui elle aussi eut sa

part de fleurs et de dîners au restaurant, je m'installai chez lui.
 Ce fut notre époque dorée, les paradis qu'il m'offrait étaient encore naturels. Ils n'allaient pas le rester longtemps.

Jean-Michel, en effet, voyageait beaucoup. C'est normal quand on est dans la mode de travailler avec des mannequins. Tout ce qu'il faisait était normalement extraordinaire.

Au début, je restais à Paris. Je n'avais pas tout à fait renoncé à l'idée de devenir un vrai mannequin moi aussi, comme ceux qu'il fréquentait. En attendant, je faisais de petites présentations dans les boutiques du quartier, pas grand-chose, et je veillais à rester en forme : je faisais du sport, je suivais un régime. Pas d'alcool, pas de cigarettes et, bien sûr, pas de drogues. Une jeune femme saine, épanouie, heureuse.

C'est venu petit à petit.

Entre deux voyages, et pour «soigner ses clients» comme il disait, Jean-Michel organisait des parties de poker à la maison. «Ça crée des liens», affirmait-il.

Venaient là des grossistes du quartier du Sentier, souvent accompagnés par des créatures de rêve, des «hommes d'affaires», des gens du show business et, aussi, des truands. Je fis en peu de temps la connaissance de la plupart des caïds du milieu. Un machisme total, implacable, régnait sur ces soirées.

Cela ne m'étonnait même pas, et ne me choquait pas. Les hommes étaient les hommes, et les filles étaient là parce qu'il leur faut des filles.

Jean-Michel ressemblait de plus en plus à Delon dans ses rôles de voyou ; j'en étais folle.

Si folle que je n'ai rien dit non plus quand j'ai vu circuler les premières lignes de coke. Ces messieurs, à tour de rôle, sniffaient un « rail », et parfois ils en offraient aux créatures. C'était pour rester éveillés, disaient-ils.

De fait, ils ne se séparaient qu'au matin, en se promettant de remettre ça. L'argent avait changé dix fois de mains, quelques filles aussi. Les mines étaient bien un peu grises, les créatures un peu défaites, mais on avait « créé des liens ».

Et puis, avec l'été, ce fut le temps des fêtes, et cette fois j'étais du voyage.

Jean-Michel avait loué une magnifique villa à Saint-Tropez, avec jardin, piscine, sauna. Nous avions même un *off shore*, un vrai bateau volant.

Tout ceci apparaîtra peut-être affreusement banal, mais j'avais vingt et un ans, j'étais une petite provinciale — Genève sera toujours une lointaine province de Paris — et j'étais amoureuse d'un homme qui recevait des stars et des gangsters. L'âme des jeunes filles est ce qu'elle est.

Tout était merveilleux, je n'avais rien à faire : un couple s'occupait de la maison, c'était la vie comme dans les magazines, la vie des *beautiful people,* de ceux à qui le monde appartient et qui n'ont de comptes à rendre à personne, ou qui le croient.

Nous dormions jusqu'à midi. A deux heures, nous allions déjeuner à « La Voile rouge », et puis c'était la plage, le bronzage, rien.

Le soir, nous flânions dans le quartier de la Ponche, parce qu'il est censé être « typique », puis nous retrouvions la bande au « Gorille ». Porsche et Jaguar. Après quelques verres, tout ce beau monde allait dîner au « Café des Arts », place des Lices. Après un passage obligé aux « Caves du Roy », vers minuit, nous finissions la nuit dans la villa d'un certain Bob ou d'un autre homme d'affaires.

Quand je dis qu'on la finissait, je veux dire qu'elle commençait vraiment. Pour s'éclater, on s'éclatait ! De nombreux artistes, et pas des moindres, participaient à ces soirées. On a beaucoup vu Jack Nicholson, cet été-là...

Le copain de Jean-Michel avait été le secrétaire de Johnny Hallyday. Il était drôle, charmant, et traînait derrière lui une meute de filles qui fantasmaient à l'idée de rencontrer Johnny.

Et puis, là aussi, il y avait les voyous. On n'imagine pas la véritable fascination que les truands exercent sur les artistes et sur les hommes d'affaires. C'est peut-être parce qu'ils incarnent le pouvoir à l'état nu, sous sa forme la plus cynique, quand les autres s'habillent encore d'hypocrisie, s'embarrassent encore de quelques justifications.

Ici, tout était exhibition de pouvoir. Les hommes avaient celui de leur argent, les femmes celui de leur beauté. Totalement désinhibés par la coke, ils se proclamaient fièrement « les gars de la narine » et les maîtres du monde.

Sentaient-ils parfois, quand l'aube les surprenait vautrés les uns sur les autres, stupides et hagards, le vent du vide passer entre leurs futurs cadavres ?

C'est la question que je me suis posée à la fin du mois d'août. Notre belle saison, nos folles nuits, avaient laissé deux dépouilles sur le carreau de l'été pourrissant. Thierry, le garde du corps de Bob, et

Gilles, le secrétaire d'un richissime Américain, s'étaient tous les deux suicidés en se tirant une balle dans la bouche.

La coke les avait rendus fous. A force de s'éclater, ils s'étaient bel et bien fait exploser la cervelle.

C'est cet été-là que j'ai commencé à sniffer moi aussi de la coke. Beaucoup. Très vite. A ne plus pouvoir m'en passer.

Dirais-je qu'il était difficile d'y échapper, sauf à passer pour une parfaite gourde, et au risque de perdre Jean-Michel, que je ne voulais pas laisser seul dans ses « voyages » ? Ce qu'il vivait, je voulais le vivre. La drogue de mon amour devint mon amour et ma drogue.

Et puis, j'étais toujours Cendrillon devant son prince. Une Cendrillon disjonctée, mais Cendrillon quand même.

D'ailleurs, n'est-ce pas, nous étions des drogués mondains, des drogués chic, les dandies de la drogue. Rien à voir avec ces pauvres hères ahuris, ces héroïnomanes sans le sou, au regard halluciné, aux dents déchaussées, qui nous faisaient hausser les épaules de pitié. Nous étions les princes, eux la plèbe.

Toujours habillés à la dernière mode, la musique hurlant à fond dans nos voitures décapotables, la drogue faisait partie de notre frime ; c'était un signe extérieur de richesse, et intérieur d'affranchissement. Consommer, et surtout offrir de la coke vous ouvrait toutes les portes de la société tropézienne et de quelques autres. C'était le sésame absolu, en même temps qu'une carte de visite et un signe d'élection. Avoir de la coke, c'était avoir de l'argent. Avoir de l'argent, c'était être un homme.

1981

En 1981, nous sommes partis pour Bruxelles.

Entre-temps, nous avions déménagé de chez Mouche pour nous installer rue Desbordes-Valmore, dans le seizième arrondissement.

Ce n'était pas vraiment le « chez nous » que m'avait promis Jean-Michel ; ce n'était même pas chez nous du tout. L'appartement était celui d'amis de Jean-Michel, qui le lui sous-louaient.

Ces gens étaient les propriétaires d'un bar aussi chic que douteux, qui venait d'être mis sous scellés à la suite d'affaires peu claires qu'on se garda bien de m'expliquer ; d'ailleurs, à l'époque, je ne demandais rien. Ils se retrouvaient avec de gros problèmes d'argent, et sans doute quelques autres. Bref, ils étaient allés s'installer à Bruxelles, et nous dans leur appartement.

Nous commencions, nous aussi, à avoir des problèmes d'argent. La coke coûte cher, et nous étions devenus complètement « accros » ; nous ne pouvions plus nous passer de nos doses journalières.

Le carrosse se mit à tanguer.

Jean-Michel voyait de moins en moins de gens à

la mode, de plus en plus de voyous. Chaque jour un peu plus, il s'engageait dans une course au fric, à la coke et à la frime. Chaque jour, il me répétait que l'argent était la seule chose qui comptait, que ne pas en avoir était une faute qui vous enlevait le droit à l'existence, qu'il fallait en avoir autant que Bob et les autres types de Saint-Tropez. On n'avait pas idée de travailler pour un salaire : un homme, un vrai, ne fait pas ça.

— Et ton travail dans la mode ? demandai-je un jour.
Il eut un ricanement. Le bleu de ses yeux, ce bleu où je me perdais quand nous nous aimions, se fit soudain d'acier.
— C'était bidon. Ça l'a toujours été. Mon truc à moi, c'est les affaires.
— C'est quoi, Jean-Michel, les affaires ?
— C'est là où il y a de l'argent, lâcha-t-il. Beaucoup d'argent, pas des trucs de prolo.

C'est ce jour-là que j'aurais dû partir. Ce jour où j'ai mesuré l'étendue du mensonge. Mais l'ai-je vraiment mesurée ? Et puis, cet aveu ne constituait-il pas aussi un appel au secours ? C'est comme ça, je crois, que j'ai voulu l'entendre. J'eus le sentiment que, pour autant que Jean-Michel pût avoir besoin de quelqu'un, il avait besoin de moi. Pour la première fois, les rôles s'inversaient, ou simplement s'équilibraient.

J'étais encore naïve. C'est vrai qu'il avait besoin de moi, mais pas comme je l'imaginais.

Il fallait absolument réduire notre train de vie. Nous avions jusque-là vécu fastueusement, et comme si cela devait durer toujours. C'est seulement à ce moment-là que je m'aperçus que je ne savais même pas *de quoi* nous vivions : Jean-Michel était un prince, et les princes transforment la boue en or.

Evidemment, c'était l'inverse : j'allais être sa boue et il aurait son or.

En attendant, il apparut vite que réduire le train de vie de quelqu'un qui ne veut renoncer à rien, qui cherche toujours, au contraire, à doubler la mise, n'était pas chose facile.

Je me remis en quête de travail. Mannequin, bien sûr, il n'en était plus question. Vendeuse dans une boutique ? Je serais devenue une de ces « prolos » auxquels Jean-Michel n'accordait même pas un regard. De plus, avec mon passeport suisse, c'était relativement compliqué.

Jean-Michel prit les choses en main.

— Nous allons rejoindre Gérard à Bruxelles, décida-t-il un jour. Il y a de grosses parties de poker, là-bas.

Gérard était le fils des « amis » dont nous occupions l'appartement. Le caïd des caïds, le chef du gang qu'il formait avec ses frères et quelques acolytes.

J'eus comme un frisson, mais il était encore complice. L'aventure continuait, et je faisais toujours partie du film. Même ma mère n'aurait jamais imaginé une telle vie dans ses rêves les plus fous.

Et puis, nous restions ensemble, et c'était le principal. J'aimais encore Jean-Michel comme au premier jour.

A Bruxelles, nous avons commencé par nous rendre dans une agence immobilière pour trouver un appartement. Jean-Michel signa un bail d'un an pour un splendide duplex meublé, avec ascenseur privé, avenue Louise. Sur le coup, cela m'a paru bizarre, puisque nous ne devions rester que quelques semaines. Jean-Michel m'expliqua le coup en sortant de l'agence.

—Je les ai bien entubés, me dit-il. On signe pour un an et on part dans un mois. Ils ne demandent pas de caution. Une location au mois aurait coûté beaucoup plus cher.

Comme lui, je trouvais cela très drôle : on fait sûrement ça dans les films.

Au demeurant, si Jean-Michel cherchait tant à entuber les gens, ce n'était pas pour économiser de l'argent ; il s'en fichait bien. C'était pour le plaisir.

Finalement, il apparut que nous partagions l'appartement — qui était immense, il est vrai — avec Gérard et son père, un vieil Italien qui parlait avec un accent à couper au couteau. Incroyablement égoïste et d'une intelligence très moyenne, « le Vieux », comme on l'appelait, impressionnait terriblement Jean-Michel.

— Il a eu beaucoup d'argent, me disait-il. Son bar était l'un des meilleurs de Paris.

Il suffisait d'avoir, ou d'avoir eu, de l'argent pour épater Jean-Michel. Le reste n'avait pas d'importance.

Nous étions donc là pour le poker. Jean-Michel marchait sur les traces de son père, j'aurais dû m'en douter. Le jeu n'est-il pas la voie des seigneurs ?

Le décor, c'était celui du bar de Gérard et de ses frères. Il n'était pas à leur nom, bien sûr, mais il leur appartenait. Eux-mêmes, à cette époque, étaient « tricards », interdits de séjour en France. Pour ces exilés-là comme pour les politiques du XIXe siècle,

Bruxelles constituait l'asile idéal : assez près de Paris pour maintenir les contacts, assez loin pour être en règle avec la justice.

C'était un bar à filles, naturellement, avec quelques tables pour manger, piano et piste de danse, au fond duquel s'ouvrait silencieusement la porte du tripot où l'on plumait les pigeons et parfois quelques aigles.

Nous y allâmes le soir même de notre arrivée. Il y avait encore peu de monde quand nous entrâmes.

— C'est un peu tôt, dit Gérard. Les clients vont arriver.

Gilbert apparut peu après, avec sa femme et son fils. Jean-Michel me prit à part.

— Regarde-le bien, me dit-il. C'est un grand, tu sais, un très grand. Il est toujours chargé.

Il était armé, effectivement, et faisait tout pour que ça se voie.

Je connais suffisamment les voyous, maintenant, pour avoir compris que la plupart d'entre eux sont des brutes à petit cerveau. Semblables aux animaux, ils tuent pour vivre, et quelquefois pour tuer. Tous ont la même soif imbécile et presque naïve de pouvoir. Leurs rêves, leurs fantasmes, les manifestations de leur puissance sont incroyablement ringards. Tous se croient très intelligents et savent en persuader de plus abrutis qu'eux : c'est plus facile avec un flingue. La lâcheté générale aidant, ils sont les maîtres, en effet, jusqu'au moment où ils sont morts. Ceux que je côtoyais sont tous morts.

C'est là, dans ce bar, que je suis devenue une putain.

Nous passions toutes nos soirées, toutes nos nuits, dans le bar de Gérard. Je rentrais généralement seule avenue Louise, vers trois heures du matin, abrutie de bruit, de fumée et d'ennui. Il n'y a rien de plus ennuyeux que de regarder jouer les hommes.

Tout de même, je m'étais fait une copine : Laure, une des entraîneuses du bar. Entre deux clients, elle venait parfois bavarder avec moi, m'expliquer le métier. Ça paraissait d'une absolue simplicité.

— Tu es au bar. Le type s'approche, t'offre un verre. Tu l'écoutes raconter sa petite histoire et tu le fais boire.

— C'est tout?

— Oui. Non : tu peux danser aussi. Les michetons adorent danser; ils sont sentimentaux. Après, si tu es sûre de ton coup, tu peux partir avec le client.

C'est ce qu'elles faisaient toutes, et c'est ce que j'allais finir par faire aussi.

Les nuits sont longues, à Bruxelles, en hiver. Jean-Michel revenait à l'aube, vers huit heures. Souvent, il avait gagné; d'autres fois, il avait perdu. Beaucoup, dans les deux cas. Mais gagné ou perdu, c'était pareil, puisque tout l'argent filait dans la coke.

Il avait beau s'efforcer de n'en rien montrer, je le sentais nerveux, et parfois il me regardait d'un drôle d'air.

Un soir, il s'est décidé.

Nous étions au bar, comme toujours. Il avait réservé une table pour dîner, et il avait mis ses yeux bleus.

— Tu dois m'aider, ma chérie, déclara-t-il sans préambule — ou bien je l'ai oublié.

— Bien sûr, Jean-Michel, mais comment ?

— Laure va t'expliquer.

Laure est venue s'asseoir à notre table, pour dîner avec nous. Elle était plus douce, plus caressante que jamais.

— Dis-lui, Laure, fit enfin Jean-Michel.

Laure tourna vers moi son regard de velours.

— Tu viendras avec moi, ce soir, ma chérie. Juste pour boire et danser. Rien de plus.

Rien de plus, pourquoi pas ? C'était tentant, presque excitant, et puis j'allais enfin me distraire.

Je portais ce soir-là une robe très moulante, largement décolletée dans le dos. J'ai eu un succès fou, comme toujours avec les hommes quand on leur donne un jouet nouveau.

Bien sûr, les types me tripotaient en dansant et, finalement, ce n'était pas aussi excitant que ça. Pour me donner du cœur à l'ouvrage, je suis allée quatre fois aux toilettes me faire des lignes de coke. J'ai pas mal bu aussi et, au bout du compte, je suis partie avec un type, comme ça, sans même que Jean-Michel ait eu à me le demander ou à me l'ordonner. Tout s'était passé comme il l'avait espéré.

L'homme avait une cinquantaine d'années, une grosse voiture, je ne sais plus laquelle. Il conduisait doucement dans les rues froides.

Je me suis dit qu'il devait avoir des enfants de mon âge et, je ne sais pas pourquoi, ça m'a rassurée. Mais il n'avait pas envie de parler de ses enfants.

C'était un architecte et son appartement était splendide. Il y avait même une piscine. Je n'avais jamais vu ça, une piscine dans un appartement ; c'était le comble du luxe. J'y ai nagé nue un long moment, et puis je suis allée le rejoindre. Après, il m'a donné de l'argent, beaucoup d'argent, et il m'a même offert une ligne de coke.

A quatre heures du matin, j'ai pris un taxi pour rentrer avenue Louise.

Jean-Michel était rentré plus tôt que d'habitude, ce soir-là. Il dormait. Visiblement, il ne se faisait pas trop de soucis pour moi.

C'est alors seulement que j'ai réalisé ce qui venait de se passer, ce qui était en route. De honte, de tristesse, d'épuisement, et puis d'alcool aussi, je me suis mise à vomir et à pleurer, à pleurer longuement.

Je n'ai pas réveillé celui qui dormait. J'ai pris des somnifères pour le rejoindre.

Le lendemain, je voulais partir, m'enfuir. Jean-Michel, lui, paraissait d'excellente humeur, et très amoureux. Il m'a fait l'amour, et puis il m'a dit :

— Je t'aime, reste avec moi.

Je suis restée, et ça a encore duré deux semaines. Des soirs avec des mecs, des soirs avec Jean-Michel. Et toujours Gérard, le poker et la coke.

Un matin, j'ai craqué, je suis partie. J'ai pris le

train pour Paris. C'était Noël. C'est toujours à Noël que les choses deviennent trop dures.

Je voulais voir les guirlandes, les lumières, je voulais voir les vitrines de jouets, les enfants dans les rues. Je n'ai vu que ma peur.

Jean-Michel a rappliqué aussitôt. Il avait dû sentir que s'il ne bougeait pas tout de suite, il me perdrait à jamais. Qu'est-ce que j'en sais ?

— Ne t'inquiète pas, me dit-il, c'était juste un mauvais passage. Ce que tu as fait, toutes les filles le font ; ce n'est pas un problème. Et puis, qu'est-ce que tu veux ? On s'éclate, et pour s'éclater, il faut de l'argent. On ne va pas rester comme tous ces minables. D'ailleurs, c'est fini. J'ai de l'argent, on part.

C'est fini, Jean-Michel ?

En tout cas, oui, on est partis. Agadir, de nouveau, puis Deauville. Je retrouvais l'homme que j'aimais ; j'oubliais, je faisais tout pour oublier. On a flambé, on a sniffé, on a ri, on a fait l'amour. Et puis on est rentrés à Paris.

Sans argent.

— Je ne veux plus jamais retourner à Bruxelles, ai-je déclaré en posant mes valises dans le couloir.

Plus jamais, a dit Jean-Michel, et il a repris ses parties de poker.

Malgré tout, ce fut une pause, presque une embellie. La dernière.

Un soir, Jean-Michel arriva avec un magnifique manteau de vison.

— Cadeau.

Cadeau volé, bien entendu (c'était ce qu'il appelait une « affaire »), mais cadeau pour moi. J'adorais que Jean-Michel me fasse des cadeaux.

Une autre fois — c'était plus gentil, vraiment —, ce fut un chat, un adorable chaton persan bleu, avec des yeux orange, que je baptisai Pacha.

J'allais souvent voir Mouche, la mère de Jean-Michel, dans sa galerie de la rue Saint-Honoré ; j'étais de tous les vernissages. Mouche m'aimait bien, je crois.

Jean-Michel avait recommencé à voyager. Beaucoup, sans arrêt. Pour ses affaires. J'étais presque tout le temps seule. Il rentrait de ces voyages les bras chargés de cadeaux : des sacs, des vêtements, des bijoux, des parfums. Tous volés.

Je ne voyais rien ! Ou plutôt je ne voyais qu'une chose : il avait pensé à moi.

Quand il était là, il y avait toujours beaucoup de monde à la maison, toujours les mêmes. Et puis, coke, poker, musique — tout ce que nous aimions.

C'est alors que Jean-Michel me présenta Fabienne.

C'était une de ses « ex », avec qui il était resté dans les meilleurs termes : Jean-Michel était le type d'homme qui sait garder ses femmes. Elle, elle l'appelait « Solo ». Pour l'heure, elle vivait avec Alain, un beau mec en jean et chemise de soie qui faisait des affaires avec Jean-Michel. Le trio s'entendait à merveille.

Petite, mince et blonde, Fabienne devait avoir quarante-cinq ans, mais la chirurgie esthétique lui en faisait paraître quinze de moins. Elle était toujours superbement habillée, ne portait que des choses de chez Chanel ou Saint Laurent. Son appartement de la rue Nicolo, dans le seizième, était toujours en travaux : elle refaisait les peintures, elle changeait sa cuisine...

Fabienne, d'ailleurs, se montrait charmante avec moi, et elle prit bientôt une grande place dans ma vie : il fallait bien remplir les absences de Jean-Michel. Nous allions faire du shopping Faubourg Saint-Honoré ou rue du Four; elle m'emmenait en boîte, à l'Elysée-Matignon. Nous ne nous quittions plus.

— Tu sais ce que je fais comme boulot? me demanda-t-elle un jour.

A vrai dire, je ne m'étais jamais posé la question. Il ne me semblait pas que Fabienne eût besoin de travailler. Quand on a des fringues comme les siennes, c'est qu'elles vous tombent du ciel ou du genre d'hommes que nous avions — ce qui est pareil.

Non, je ne voyais pas.

— Je suis pute rue Saint-Denis.

Sur le moment, je crois que j'ai éclaté de rire, ou bien que je lui ai fait répéter deux fois. Pour moi, ces filles étaient des loques, de pauvres mômes, des gagne-petit, pas des vraies femmes comme Fabienne.

— Tu te trompes, me dit Fabienne. Il y a les plus belles filles de Paris, rue Saint-Denis. Et puis le travail est facile ; ce n'est rien du tout. Les clients sont extra, et les filles sont heureuses. Elles aiment leurs « maris » et elles les aident, c'est tout naturel. Moi, j'ai commencé à faire ça pour Alain. Maintenant, je travaille pour moi. Et, tu vois...

J'avais déjà entendu ce discours-là quelque part,

mais je ne voyais plus en quoi il pouvait me concerner. C'était un mauvais souvenir, perdu dans les brouillards des Flandres...

Je n'ai pas tout de suite vu le piège qui se refermait, pas tout de suite reconnu les mâchoires sous les sourires.
Depuis le premier jour, Jean-Michel et Fabienne (et Alain, et tous, tous...) étaient de connivence. Depuis le premier jour, il s'était agi de m'amener là, sur le trottoir. Et moi, pauvre oie blanche, même souillée, mais confiante, naïve, je n'avais pas su deviner dans la trajectoire de ma passion l'habituel parcours de la combattante : le grand amour, la vie de rêve, et puis la drogue, la soumission — et, au bout, le « travail », l'argent du cul pour garder son cœur. Pour le perdre.

Et ils m'ont travaillé au cœur, ils m'ont travaillé au corps. C'était sans arrêt la carotte et le bâton : j'aurais tout, mais il fallait que je donne tout. C'était une pression quotidienne, incessante. Fabienne était là pour me surveiller, me barrer toutes les issues de secours.
Un jour, j'appris que tout était prêt. Jean-Michel m'annonça que sa mère était d'accord pour acheter un studio où je pourrais « recevoir ». C'était mieux que l'hôtel, plus « classe », et c'était une chance aussi, car les studios sont rares dans les quartiers à putes.
Ainsi, Mouche était dans le coup, elle aussi ! Elle qui vendait et peignait de si jolis tableaux... Je crois que c'est ce qui me fit le plus mal à ce moment-là. Mais qu'y pouvait-elle, en réalité, si soumise à ce fils qui la méprisait ? Se rendait-elle seulement compte de ce qu'elle faisait, de ce qu'elle *me* faisait, et des

risques qu'elle courait en devenant, elle aussi, proxénète ?

J'étais écœurée, déchirée. Je n'arrivais plus à dormir, je prenais de plus en plus de somnifères. Et de coke. Et plus je prenais de coke, plus j'avais besoin de Jean-Michel et de sa bande pour m'en fournir. C'était un cercle infernal. J'étais terrorisée, je voulais m'enfuir ; j'en étais incapable. Un soir, pourtant, j'ai dit à Jean-Michel que j'allais le quitter.

Pauvre folle ! Je croyais qu'il me laisserait partir, qu'il m'aimait encore assez pour ça, peut-être même qu'il me souhaiterait bonne chance.

Mais les temps avaient changé.

— Prends garde à toi, me dit-il. Si tu pars, je te tue.

Il saisit son pistolet — car il était armé, maintenant, lui aussi — et me l'appuya sur la tempe.

Jean-Michel était fou.

C'est à ce moment-là que je suis devenue Gilda.
Gilda pour m'humilier, Gilda pour me venger.

Avant de céder tout à fait, j'ai envoyé plusieurs appels au secours à mes parents (je n'avais pas d'amis, rien que le monde de Jean-Michel). Ils n'ont pas répondu parce qu'ils n'ont pas compris. Ils ne pouvaient aucunement imaginer ce qu'était devenue ma vie, comprendre encore moins. Et comment répondre à ce qu'on ne comprend pas ? D'ailleurs, Jean-Michel était un garçon si charmant... Ma mère n'avait que son nom à la bouche.
 Ils n'avaient pas davantage imaginé qu'on pût faire du mal à une petite fille de huit ans.
 J'étais seule.

Nicole était morte, tuée par la drogue et l'amour. Avec la naissance de Gilda, j'entrais dans un dangereux processus schizophrénique. Mais, à l'époque, je ne voyais pas les choses ainsi.
 Du piège où j'étais prise, il me semblait que je ne pouvais sortir que *par l'intérieur*. Puisqu'on me niait, qu'on m'enchaînait, puisqu'on me vendait, paix à Nicole et aux pauvres cendres de son amour ! Tel

un ange sombre, Gilda allait venger la petite fille qui devait ne pas crier, qui devait ne pas s'enfuir, et ne rien dire à sa maman.

Dans le noir, on se fait le cinéma qu'on peut.

Fabienne était ravie :

— C'est sexy, Gilda, comme prénom. C'est très bien.

Elle m'enseigna les rudiments du métier :

— Le client doit payer avant. Rue Saint-Denis, c'est 150 francs habillée, 200 francs nue. Pour l'ordinaire, le vite-fait. Tu ne proposes pas de préservatifs s'ils n'en demandent pas.

Toutes ces choses...

Et elle conclut :

— Tu verras, on gagne beaucoup d'argent. Trois ou quatre mille francs.

Par mois, ça ne me semblait pas formidable, et je ne comprenais pas pourquoi on voulait me réduire en esclavage à ce prix-là, moi la « femme » d'un vrai homme, d'un des maîtres du monde. On juge par là ce qu'il me restait de naïveté.

C'était par jour, naturellement.

Restaient quelques problèmes. Je n'étais pas française, et je n'avais même pas de carte de séjour. Je risquais l'expulsion à la première rafle de police, et il y en avait sans arrêt.

Mais pour cela comme pour le reste, Fabienne avait une solution.

— Je connais un flic haut placé, m'expliqua-t-elle. Pour 20 000 francs, tu seras tranquille.

Effectivement, bien que contrôlée aussi souvent que les autres, je n'ai jamais eu d'ennuis. Le flic ripou de Fabienne avait dû marquer mon dossier d'un signe distinctif — probablement « indic », c'est leur meilleure couverture. Combien d'« indics » dans mon genre ce flic rackettait-il ? Les macs eux-mêmes sont rarement inquiétés : ce sont tous d'excellents indics. Des vrais, eux.

Quoi qu'il en soit, pour 20 000 francs par mois, j'étais devenue une espèce d'« intouchable », si j'ose dire. Tous les 20 du mois, Fabienne venait chercher l'enveloppe. Je n'ai aperçu mon « bienfaiteur » qu'une fois, dans un bar. Il ne m'a pas adressé la parole, à peine un regard. Il a pris l'enveloppe et a disparu comme il était venu.

Faisons les comptes.
Je travaillais vingt jours par mois, et gagnais en moyenne 3 500 francs par jour. Soit un gain mensuel de 70 000 francs. Là-dessus, 20 000 francs passaient dans la poche du flic, 10 000 dans celle de Mouche, mère maquerelle et propriétaire du studio. Les 40 000 restants étaient pour Jean-Michel et alimentaient notre train de vie redevenu fastueux, et surtout le dealer qui nous fournissait la coke.

Rien à la banque, ça va de soi. Et rien pour moi, personnellement.

Cela, c'était rue Saint-Denis. On y reviendra, rue Saint-Denis.
Mais il y avait aussi les extras, la prostitution « haut de gamme », par le biais de certaines « agences ». Là, ça chiffrait davantage : 5 000 francs la soirée, 10 000 la nuit entière. Je rappelle qu'on était au début des années 80.

Evidemment, on nous en demandait davantage qu'aux filles scotchées sur le trottoir. Nous ne devions pas seulement être belles, mais intelligentes, ou en avoir l'air ; savoir nous montrer drôles aussi bien que patientes, et parler un peu d'anglais.

Comme pour les mannequins, on nous choisissait sur catalogue. La responsable de mon « agence » s'appelait Claire ; c'était une femme d'une cinquantaine d'années, maquerelle de luxe. Elle prenait 20 % sur chaque rendez-vous. On vit à moins.

On avait un rendez-vous par semaine (pas de quoi vivre, du point de vue de nos « maris »). Nous devions toujours être habillées haute couture, vraie ou fausse. Coiffeur, esthéticienne pour le maquillage : c'était au total une journée de préparation. La rencontre avait lieu directement à l'hôtel du client, ou bien au restaurant.

Là encore, comptez.

Pour une soirée à 5 000 francs, Claire en recevait 1 000, le coiffeur et l'esthéticienne 500 ; il y avait les frais de vêtements. Restaient à peu près 2 500 francs.

En échange de quoi, il nous fallait accompagner le client au restaurant, subir ses attouchements, ses baisers devant tout le monde, aller danser et, bien sûr, coucher avec lui. Pour ces rendez-vous-là, mon prénom était Messaline. Carrément.

Sexuellement, le client « haut de gamme » n'est pas différent de l'autre. La différence, c'est l'argent et la qualité du service. Et puis, sur rendez-vous, ils ont peut-être moins l'impression d'avoir affaire à une pute — je ne sais d'ailleurs pas où ils vont chercher cette idée.

Mais avec ou sans fric, c'est partout la même misère, la même solitude ; celle de la rue est plus nue, elle frime moins, voilà tout. On peut être une personnalité connue, une star même, et souffrir de solitude. Mais un personnage public peut difficilement aller lever une fille publique dans la rue ; c'est pour ça qu'il y a des call-girls.

Il m'arrivait parfois, comme à toutes, de tomber

sur un acteur, ou simplement sur un beau mec, mais la plupart étaient d'obèses et vulgaires milliardaires, des princes arabes, des businessmen américains, et même, une fois, une businesswoman. Puisqu'ils y mettaient le prix, tous voulaient le grand jeu, des «je t'aime», des «t'es beau». Dans ces cas-là, je regrettais les passants furtifs de la rue Saint-Denis : c'était bien moins pénible, finalement, et bien plus honnête, que de passer une soirée entière avec un gros type qui, à la fin, aura tellement bu qu'il n'arrivera pas à faire l'amour. En ai-je vu, de ces types qui payaient 10 000 francs pour vivre une nuit avec Messaline, et qui s'endormaient en cuvant leur whisky !

La rue Saint-Denis est très loin de Saint-Tropez. Et le studio de Mouche était dans un coupe-gorge.

Le passage Lemoine, qui s'ouvre au 232 de la rue Saint-Denis, relie celle-ci au boulevard de Sébastopol. A l'angle, il y avait des douches publiques. Pour gagner le studio, je devais traverser une première cour mal éclairée, passer sous une voûte sombre où il n'y avait jamais de lumière : c'était passablement effrayant, au début. Par chance, j'étais au premier étage, ça ne faisait pas trop de marches à monter. Et c'était bien chauffé.

La journée, ce passage était très animé. Des grossistes en prêt-à-porter y avaient leurs boutiques ou leurs ateliers. Dans la première cour, se trouvait le magasin « Marc-Richard » — « Marthe Richard », comme nous l'appelions par allusion à celle qui avait fait fermer les bordels après la guerre.

Marc (Marcel, en vérité) et Richard, les patrons, étaient des copains. Ils avaient le même âge que nous. Nous écoutions la même musique, allions voir les mêmes films, nous vivions presque la même vie.

A ces heures-là, le passage Lemoine connaissait une ambiance un peu méditerranéenne, humaine et chaleureuse. La nuit, tout était plus dangereux, plus malsain.

Mais j'allais vite devenir une « gagneuse » ; je ne restais pas longtemps à poireauter dans le noir.

Combien de jours, combien de nuits ai-je passés sur ce bout de trottoir ! Mais il y eut surtout un premier soir. Pour toutes les filles, il y a toujours un premier soir.

On m'avait préparée, bichonnée : il fallait me donner un *look*. C'étaient Jean-Michel et Fabienne qui avaient choisi mes tenues : tailleur le jour, robe noire artistiquement « déchirée » le soir. J'y avais ajouté un chapeau à voilette. Ils ont cru que c'était un « plus » : c'était pour me cacher. Me cacher des autres et me cacher de moi-même, comme l'enfant qui ferme les yeux pour qu'on ne le voie pas. Et puis, je craignais qu'on ne me reconnaisse, moi qui ne connaissais personne.

Je m'étais mise dans un coin d'ombre, mais ils m'ont vue quand même. On repère tout de suite les nouvelles.

— Pourquoi tu te caches ? T'as peur qu'on te voie ?

C'était le premier client, le premier homme. Il devait avoir cinquante ans. J'avais le cœur qui tapait comme un fou, un fou glacé, et les jambes qui tremblaient en montant les marches du studio. Je devais avoir l'air tellement terrorisée que l'homme ne m'a rien demandé. Il m'a laissé 150 francs, et il est parti. Mon premier client fut aussi le meilleur.

Je suis redescendue dans la rue : ce n'était pas fini. Et puis, je savais que Jean-Michel rôdait aux alentours pour voir comment je m'en tirais. Je lui ai dit que ça allait.

— Bon, a-t-il fait. Maintenant, je te laisse avec Fabienne.

Fabienne tapinait sur le trottoir d'en face ; elle m'aurait à l'œil tout le temps de mon apprentissage.

Les clients suivants n'ont pas eu la délicatesse du premier, mais à la fin de la soirée, j'avais gagné 5 000 francs.

Je les ai jetés dans une bouche d'égout.

Ce n'est pas une chose qu'on fait deux fois.

Et j'ai appris la rue. J'ai appris les clients et les filles.

Rue Saint-Denis, il y avait le café « Le Diplomate », vers la rue d'Aboukir. C'était notre quartier général.

Et près du café, il y avait Cathy GS, Cathy Gros Seins. Il y avait tellement de Cathy catins, rue Saint-Denis, qu'elles portaient toutes un surnom, pour qu'on les distingue. Il y avait Cathy l'Angoisse, une grande nerveuse toujours prête à la bagarre, Cathy SM (sado-maso), Cathy PS, par opposition à Cathy GS...

Ma place était à la sortie du passage, sur la droite. A gauche se tenait Betty, une Martiniquaise belle à couper le souffle, que mettaient encore en valeur une minuscule tunique rouge, des bas noirs et de très hauts talons.

Un vrai cliché de la pute, Betty, mais dans sa tête c'étaient de belles photos couleur : la mer, les cocotiers, son « mari », les enfants qu'il lui ferait. La vie d'après, la « vraie » vie. Betty était une fille amoureuse, éperdument amoureuse. Une idiote dans mon genre. Toutes les putes sont des clichés de pute.

Betty, elle, offrait ses vingt ans à son mec, à son mac. Et ils se vendaient bien, ses vingt ans : c'était elle qui travaillait le plus.

Mon studio à moi était très isolé par rapport à la rue, et de plus, j'étais seule, je ne le partageais pas. Betty, elle, montait de l'autre côté de la rue, avec Marie.

Le coin de Marie était en plein sur le trottoir. Elle ne pouvait commencer à travailler qu'après la fermeture des magasins, car elle se plaçait devant leurs vitrines. Marie avait toujours avec elle Roméo, son petit chien. Elle n'en avait pas trouvé d'autre, de Roméo.

C'est avec la nuit qu'arrivaient les putes qui marchaient à l'héroïne.

Elles étaient très jeunes, plus que nous : souvent dix-sept ou dix-huit ans. Elles venaient de quitter l'enfance — ou plutôt, c'est l'enfance qui les avait quittées —, mais par bien des côtés, c'étaient encore des petites filles, des petites mortes. Je les regardais : elles avaient toutes la mort sur le visage. L'une d'elles, à qui l'on avait retiré son bébé, s'est suicidée quelques jours plus tard.

On les voyait venir, complètement shootées, spectrales et somnambules. Elles dormaient debout dans la rue. Et pourtant, elles travaillaient beaucoup, parce qu'elles cassaient les prix et ne demandaient jamais de préservatif.

En haut de la rue Saint-Denis, vers la Porte, les filles étaient « plus chic » que celles du bas. Plus chic et plus jeunes. Plus demandées, donc, ce qui leur donnait la possibilité de choisir, de refuser le client qui ne leur revenait pas.

Il ne faut pas se faire d'illusions, les critères des filles qui peuvent se permettre d'en avoir sont simples : pas d'Arabes, pas de Noirs, pas de drogués, pas d'alcooliques. Rien que des coups tranquilles : le gentil étudiant, le voyageur de commerce, le cadre *clean* ou le père de famille.

Le racisme et la xénophobie exercent leurs ravages rue Saint-Denis comme partout ailleurs. Plus qu'ailleurs, peut-être. Il n'y a pas de milieu où l'idéologie sécuritaire soit plus puissante que chez les putes et les voyous. Qui bien se connaît...

Et même si l'on rencontre une pute de gauche, ou d'extrême gauche (cela existe), il n'y a aucune chance pour que son mac le soit.

Toujours est-il que chaque fois qu'un black approchait une fille du haut de la rue, celle-ci lui répondait un « non » à peine audible. Et le type s'éloignait, fataliste, résigné. Sans doute aurait-il plus de chance avec une fille noire, mais ce n'était même pas sûr. Même Betty la Martiniquaise, la douce, la belle Betty, choisissait la couleur et jusqu'à la nuance de ses clients : c'était oui pour les Antillais, non pour les Africains.

J'ai dû faire pareil. Gare à celles qui ne respectent pas les règles : les autres sont là pour les leur rappeler, elles ou leurs macs. La castagne n'est pas rare, dans ces cas-là, et on se retrouve vite tricarde de la rue, interdite de trottoir. Rares sont celles qui en prennent le risque.

Cette règle-là et les autres — ne jamais embrasser sur la bouche, ne pas se laisser trop caresser, ne pas accepter de relations anales, et ceci, et cela —, ce sont les commandements des macs, leur conception de l'hygiène et de la fidélité. Les putes ont des interdits plein la tête, ça augmente leur tristesse.

Car elles sont tristes, toutes. Pire que les clowns.

Et il y a sûrement moins de vocations. Quelle petite fille a jamais rêvé de devenir pute ?

Mais il y a la vie, et les hommes. Ceux-là, les « maris », les *rimas* en verlan, que ces filles ont aimés — nous avons toutes la même histoire, ou si peu s'en faut — et qui n'ont vu en elles que des machines à sous. Ils leur ont tout promis, et ils les « doublent », au propre et au figuré. La hantise de chaque fille est d'avoir une « petite sœur », une autre fille mise sur le trottoir par son « mari ». Naturellement, c'est presque toujours le cas. La plupart des proxénètes font travailler plusieurs filles, chacune d'elles persuadée d'être la seule. Ils jonglent avec cela comme ils peuvent. C'est un boulot d'être mac ! Il y faut une... putain d'organisation.

Les filles en meurent, de cette tristesse.

Ou on les tue.

Ils ont tué Michèle.

Elle venait de la Réunion, Michèle, elle avait dix-huit ans, elle était belle comme une enfant, elle était là comme une passante de Baudelaire. Un jour, elle a voulu partir — laquelle d'entre nous ne l'a pas voulu ?

C'était la nuit, la rue était pleine de monde. Une Mercedes blanche a glissé en silence le long du trottoir, s'est arrêtée à sa hauteur. En reconnaissant la voiture, Michèle s'est mise à courir, mais un type en a jailli, qui tenait à la main un pic à glace. Michèle courait mal sur ses hauts talons, elle courait sans savoir où aller. Le type l'a rattrapée et frappée de je ne sais combien de coups. Elle s'est écroulée une première fois, s'est relevée, a marché en titubant jusqu'à son couloir, est tombée à nouveau. La Mercedes blanche avait disparu.

J'ai couru vers Michèle, je l'ai prise contre moi.

Elle m'a regardée, reconnue, et elle m'a dit : « J'ai froid. » Seulement cela : «J'ai froid», et puis son regard s'est voilé, sa tête a roulé sur mes genoux ; elle était morte.

Morte de froid, et si loin de la Réunion.

Morte rue Saint-Denis, tuée par son mac.

J'ai appris les clients.

Rien de plus ordinaire et de plus fascinant à la fois que l'homme qui a recours aux prostituées. Fascinant, comme l'est toujours, qu'on le veuille ou non, l'homme seul face à sa misère affective, sexuelle ou sociale. Ordinaire, parce que cet homme-là, c'est tous les hommes. Parce que tous, un jour ou l'autre, sont venus nous voir, ou pourraient le faire.

Ici, c'est la demande qui crée l'offre ; c'est le client qui crée la pute. Mais il n'est pas roi pour autant, ou bien alors un pauvre roi, bien dérisoire. Les vrais rois sont les macs, et ce sont eux-mêmes des pantins. Des pantins qui tuent, quelquefois, mais des pantins pourtant — jouets de la drogue, jouets du fric, jouets des flics.

Sur ce théâtre, nous sommes tous des pantins ; le sexe tire les ficelles.

Le client n'est pas *chaque* homme, cela va de soi, mais c'est *tout le monde.* Tous les types sociaux, professionnels, tous les âges, tous les goûts sont représentés, sans exception : les jeunes, les vieux, les gentils, les méchants, les pervers, les normaux, les subtils, les carrés, les bons pères, les mauvais amants, les jeunes mariés, les vieux mariés, les artistes et les politiciens, les ouvriers et les patrons, les boulangers et les médecins, les plombiers et les flics, les juges, les avocats. Tous.

Il y a celui que nous appelons le « passage ». Comme son nom l'indique, il ne reviendra pas — ou bien une seule fois, s'il a été content. Après quoi, il ira voir ailleurs si l'amour est plus blond, ou plus roux, ou plus bleu.
Celui-là, il vient en coup de vent, à la sortie du bureau ; ou bien, il passait, justement, il a vu une fille et il est monté. C'est souvent le type resté seul parce que sa femme et ses gosses sont en vacances quelque part.
Le « passage », c'est aussi le touriste, l'Allemand en goguette dans le Paris *by night* et qui s'ennuie. Les Japonais exigent toujours un voire *deux* préservatifs et ne perdent pas de temps à discuter, le japonais étant une langue peu parlée rue Saint-Denis.

Il y a l'habitué, qui revient régulièrement une fois par mois ou par semaine, tous les lundis à 18 h 10. L'habitué est du pain bénit. Sans danger, en principe. La fille connaît ses goûts. Elle connaît sa vie, son métier, le prénom de sa femme et le nombre de ses enfants ; elle sait même s'ils travaillent bien à l'école. L'habitué apporte quelquefois des cadeaux : un bouquet de fleurs ou des chocolats, des vêtements. Les romantiques apportent des livres ou leurs poèmes. On m'a même offert un four portable !
L'habitué a un « budget-putes » mensuel auquel il se tient le plus souvent. Donc, pas de folies, ou bien

inscrites dans le barême. Il met des préservatifs et sait les règles à observer.

Il y a le gros client. Le type qui débarque d'Alsace ou du Rouergue, et qui vient claquer 8 000 francs en deux heures. Ça lui fait des souvenirs, et à nous aussi.

Il y a les « vedettes » du grand et du petit écran, qu'on s'amuse à voir circuler furtivement derrière leurs lunettes de soleil, même s'il pleut, même à la nuit tombée, le col de leur manteau relevé, et lançant à droite et à gauche des coups d'œil inquiets pour s'assurer que personne ne les reconnaît. Tout le monde les reconnaît toujours.

Que cherchent-ils, tous autant qu'ils sont ?
Bien sûr, c'est la faim sexuelle qui les fait arpenter les rues en quête de l'improbable miracle. Mais si le sexe est une faim, est-il une fin ou un moyen ? On a souvent l'impression que l'acte sexuel lui-même est secondaire dans leur demande, et que c'est pour un simple contact humain qu'ils sont prêts à dépenser tant d'argent.
Ceux-là, évidemment, sont les plus déçus. Les putes ne sont ni des psys ni des sœurs de charité. Copines, même, ça leur est interdit. Ce sont des putes.
Pour l'habitué, aller voir les filles est une routine, un plaisir identique à celui d'aller boire un verre au bistrot, de fréquenter une salle de sport ou de se payer le cinéma une fois par semaine. Le plus souvent, il est heureux en ménage (enfin, comme le sont les gens...) et cherche juste à se donner un « moment à lui ». C'est son jardin secret, son western, sa liberté. Qu'il achète cette liberté au prix de

celle d'êtres vivants ne lui pose pas de problème ; il n'en a même pas vraiment conscience. La prostitution, pour lui, fait partie de l'ordre des choses, de son confort. Il a « sa » pute, pour laquelle il sera au besoin plein d'attentions, qui est presque comme une épouse cachée, et qui lui cache le grand corps complexe et douloureux de la prostitution.

Un tout autre type d'homme est le grand inquiet sexuel, celui qui a, comme nous disons, « le cul dans la tête ». Sex-shops, peep-shows, films pornos, putes, salons de massage, tout son fric y passe. Toute sa vie — et la nôtre avec.

C'est parmi ceux-là, bien sûr, que se trouvent les plus exigeants, les amateurs de « spécialités » — et donc de spécialistes.

La variété de loin la plus courante est celle du « soumis », du masochiste. Pour ceux-là, il existe une catégorie particulière de filles, les « maîtresses ». Jeu univoque, rôles irréversibles. Jamais, ou presque, une fille n'acceptera de se placer, elle, en position de soumission — essentiellement pour des raisons de sécurité : on sait où le jeu commence, on ne sait pas où il s'arrête.

Les « maîtresses » sont reconnaissables à leur tenue noire, cuir ou latex, bottes et hauts gants. Il ne faut pas qu'on leur voie la peau, à l'exception du visage, toujours très maquillé. De vraies extraterrestres. L'avantage est qu'elles n'ont aucun rapport avec le client, ni pénétration ni fellation. A la fin, le type se masturbe lui-même.

J'ai essayé, une ou deux fois : je n'ai pas pu. C'était beaucoup trop déprimant. Il me fallait au moins trois lignes de coke pour y arriver.

Certains clients demandent deux filles en même temps. Tarif double ; ce n'est pas pour tout le monde. A l'inverse, une fille n'accepte jamais deux hommes à la fois, toujours pour des raisons de sécurité. Exceptionnellement, un couple : j'avais, parmi mes habitués, un animateur de télévision qui venait avec sa maîtresse. Parfois des femmes seules ; c'est assez rare.

Plus fréquemment qu'on ne le croirait, on voit repasser dans la rue des clients, « passages » ou « habitués », au bras de leur femme ou de leur maîtresse. Ils viennent leur montrer « leur » pute. C'est un jeu entre eux ; ils emportent notre image dans leur lit. Les putes se penchent parfois au chevet des amoureux.

C'est une vie pleine de heurts, un monde de bruit et de fureur.

Sans doute, on ne tue pas tous les jours dans la rue, mais on s'y bat souvent, on s'y querelle sans cesse.

Nous étions toutes armées de bombes lacrymogènes contre les clients à problèmes, contre les zonards qui viennent en bande, le samedi soir, « emmerder les putes », contre les beaufs ivres, contre ceci, contre cela. Les filles, à cet égard, sont profondément solidaires, et au moindre problème elles accourent de toutes parts, la rue est bientôt en émoi, et les perturbateurs n'ont qu'à bien se tenir. Dans ces cas-là, nous n'avions même pas besoin de nos « videurs », ces espèces de gardes du corps que nous chargions de notre sécurité.

Cette solidarité est d'autant plus indispensable que nous formons une caste, et presque une humanité à part. Etre putain, ce n'est pas une profession, c'est une identité. Quand l'une d'entre nous vient de se faire démolir, la police appelle l'ambulance en disant : « Une prostituée a été agressée rue Saint-Denis. » Si les flics disent : « Une *femme* a été agressée... », on peut être sûr que ce n'est pas l'une de nous.

Il semblerait que nous ne soyons pas des « femmes », nous qui devons pourtant en tenir tous les rôles.

Pour l'agitation, on peut aussi compter sur les descentes de police. Mais cela, c'est la routine, et d'ailleurs, comme les flics viennent presque toujours à la même heure, on s'arrange pour faire la pause à ce moment-là. Ils passent le plus souvent devant des trottoirs vides. Personne n'est dupe et tout le monde est content.

S'ils débarquent quand on ne les attend pas, c'est presque pareil. La première fille à les apercevoir, en haut de la rue, crie : « Panier ! » (pour « panier à salade »), le mot court, ricoche sur le trottoir, et en un clin d'œil la rue Saint-Denis prend des allures de jardin d'enfants.

Il arrivait cependant qu'ils nous pincent. Formalité, là encore, surtout pour celles qui, comme moi, disposaient d'un « protecteur ». Le plus ennuyeux — c'était parfois même assez humiliant — c'est qu'ils nous conduisaient au commissariat en car, mais qu'il fallait ensuite en revenir à pied, dans des tenues qui se justifiaient difficilement en dehors de la rue Saint-Denis.

Je parle là des flics ordinaires. Mais, parfois, nous avions affaire à ceux de la Brigade de répression du proxénétisme, et les choses étaient beaucoup moins drôles. Quand le client sortait de la chambre, ils dégainaient leur carte de police et embarquaient tout le monde : la fille et le client terrorisé. Celui-là, on était certaine de ne jamais le revoir.

Au poste, nous étions fichées, numérotées, enregistrées, et on nous tirait le portrait. La plaisanterie préférée des flics consistait à nous dire :

— On te prend en photo. Comme ça, si un client te bute, on pourra plus facilement t'identifier.

Peut-être, mais ce sont surtout les macs ou leurs hommes de main qui nous butent, et il n'y avait de flics nulle part quand on a tué Michèle.

Cela dit, il est vrai qu'il nous arrive d'être agressées par des clients ou par des inconnus. Je l'ai été trois fois, et jamais personne ne m'a défendue. Inutile de dire que ce genre de choses laisse forcément des traces, physiques et psychologiques, et que ces moments restent parmi les pires de ma vie.

La première fois, ce fut un viol. Le type était monté normalement, avec moi, au studio, et là, tout de suite, il m'avait mis un couteau sous la gorge, et violée. Ce doit être un plaisir très particulier que de violer une pute qui allait, de toute façon, faire ce que vous lui demandiez.

Des mois durant, j'en ai été hantée et aujourd'hui encore quand j'y repense, je sens le froid de cette lame sur mon cou. Il m'a violée, frappée, m'a pris tout l'argent que j'avais, et puis il est parti, très calme, en me conseillant de ne rien dire si je ne voulais pas faire plus intimement connaissance avec sa lame. J'en avais soupé, de son intimité.

Une autre fois, je sortais du studio, ma journée terminée, quand un type surgi de nulle part a braqué un pistolet sur moi et m'a arraché mon sac. J'ai hurlé, je me rappelle avoir hurlé. J'ai eu si peur que j'ai vomi toute la nuit.

La troisième agression fut la pire.

C'était un homme jeune, grand, bien habillé, le client normal à première vue. Une fois dans la chambre, il m'a demandé s'il pouvait se laver les mains et je lui ai indiqué le lavabo. C'est alors que je me suis dit que quelque chose n'allait pas : ce type était monté sans me demander mon prix. C'est rare, et ce n'est jamais bon signe. Instinctivement, je me suis rapprochée de la porte.

Bien m'en a pris, car l'instant d'après il me sautait dessus en brandissant un nerf de bœuf qu'il avait sorti je ne sais d'où, et se mettait à me frapper au visage et aux épaules. C'est une arme terrible, un nerf de bœuf. Mon sang giclait de partout. Je ne sais comment, tout en cherchant à me protéger au maximum de ses coups, j'ai réussi à ouvrir la porte et à dévaler l'escalier. J'ai couru jusqu'à la rue, et c'est là seulement que je me suis effondrée.

Le SAMU est arrivé assez vite, et on m'a transportée à l'Hôtel-Dieu, au service des urgences. Il y en avait tellement, des urgences — du moins, je le suppose —, que le médecin m'a recousue en deux temps trois mouvements. Quinze points de suture à vif ; serre les dents, ma fille. Et puis, on m'a donné une chambre. J'ai même eu droit, je ne sais pourquoi, à un gendarme en faction devant ma porte. Comme personne ne lui avait dit si j'étais la victime ou l'agresseur, il observait un silence prudent. De toute façon, j'étais une pute et lui, il était en service. C'est vrai aussi que je ne devais pas être belle à voir. C'était sans importance : je n'avais rien à lui dire et j'étais trop assommée, dans tous les sens du terme, pour avoir envie de parler à qui que ce soit.

Je repensais à ce type. C'était la première fois que je le voyais ; il n'avait même pas cherché, comme les autres, à me prendre mon fric. Alors, pourquoi ? Qu'est-ce qui lui était passé par la tête, pour vouloir à ce point démolir la mienne ? C'était sûrement prémédité, puisqu'il avait cette arme. C'était tombé sur moi, ç'aurait pu être une autre. Quelle haine l'avait poussé ?

La haine, le mépris, j'allais m'y heurter pendant toutes les heures suivantes.

Mon crâne me faisait atrocement mal et j'avais froid. J'ai appelé l'infirmière pour lui demander une couverture.

Elle a eu l'air horrifiée et sincèrement peinée, quand elle m'a vue.

— Que vous est-il arrivé ? m'a-t-elle demandé. Vous avez été attaquée ?

— Oui. Avec un nerf de bœuf.

— C'est horrible ! s'est-elle indignée. Cette ville est devenue infernale.

— Oh ! vous savez, je suis une prostituée...

Aussitôt, son visage s'est fermé, elle a tourné les talons et je ne l'ai pas revue de la nuit, même quand j'ai sonné pour lui demander de quoi soulager la douleur.

Et la nuit a passé, interminable, dans cette chambre glaciale que son unique petite fenêtre, fermée par des barreaux, faisait ressembler à une cellule de prison, impression renforcée par la présence muette du gendarme derrière la porte.

Le lendemain, Betty est venue m'apporter des vêtements « de jour » — normaux, quoi, pas le costume de travail — et on m'a laissée sortir.

Devant le parvis de Notre-Dame, j'ai hélé un taxi.

— Vous n'avez pas l'air très en forme, a observé le chauffeur perspicace, devant le pansement qui me couvrait la tête.

— Je sors de l'Hôtel-Dieu, ai-je simplement répondu.

Je ne me sentais pas particulièrement communicative, ce matin-là.

— Qu'est-ce qui vous est arrivé ? a insisté le type.
— J'ai été agressée par un client, rue Saint-Denis.
— Ah ! vous êtes une pute, a-t-il ricané. Je ne savais pas qu'on payait pour vous taper dessus. De toute façon, c'est tout ce que vous méritez.

Il y avait tant de haine dans sa voix, tant de jouissance à enfoncer davantage quelqu'un qui était déjà à terre, que ça m'a effrayée. Je n'ai fait qu'un bond hors du taxi de ce minable, et j'ai pris le métro.

Daniel, mon videur, m'attendait au studio. Comme il avait les clefs de mon appartement, avenue de Versailles, il était passé s'occuper du chat et avait même pensé à faire les courses. Il m'a raccompagnée et m'a préparé à manger.

J'aimais bien Daniel, il était gentil. Il était amoureux de moi, platoniquement (d'ailleurs, Jean-Michel n'aurait pas supporté ce genre de plaisanterie) et, à force, il était devenu pour moi une sorte de confident — et ce n'est pas du luxe, un confident, quand on fait ce travail.

J'étais son « p'tit lapin ».

Fabienne a aussitôt prévenu Jean-Michel de mon agression. Il était en Suède, à ce moment-là, à faire je ne sais quoi. Il m'a téléphoné et m'a proposé de le rejoindre à Evian, où il devait se rendre après Stockholm.

Le lendemain, je prenais le train.

Jean-Michel me donna rendez-vous à l'hôtel « Le Verniaz », un cinq étoiles qui surplombe le lac Léman. C'était magnifique, et si loin, tellement loin de la rue Saint-Denis, des malades et des hôpitaux. Nos retrouvailles furent presque tendres.

Rue Saint-Denis, il y avait aussi de la vie. J'ai dit l'animation du passage Lemoine dans la journée, mais c'est tout le Sentier qui, jusqu'à la fermeture des magasins, vibre de cris, de gestes, de mouvement, de rencontres.

Les grossistes sont comme les putes : c'est boulot, frime et fric. Mais dans les mêmes cours, sur les mêmes trottoirs, continue la vraie, la vieille vie de Paris qui peut être parfois si chaleureuse, si profondément humaine.

Certes, il y avait les filles, les macs et les flics — et puis les nerfs de bœuf —, mais il y avait aussi cette douce dame qui était blanchisseuse et qui venait chaque soir nous raconter sa journée au pressing, pendant que son mari nous offrait à toutes des chocolats. Et cette autre, qui allait chaque dimanche fleurir la tombe de Claude François et qui perdait tout le temps son chat. En avons-nous passé des heures, vêtues de cuir ou en robes sexy, perchées sur des talons hauts comme des échelles, à chercher ce chat noir qui s'échappait toujours !

Il y avait M. Meyer, le roi du tiercé, qui n'avait jamais gagné, pas une fois, mais ça viendrait sûrement, et ce jour-là, les filles ! M. et Mme Meyer étaient les concierges du passage Lemoine. Ils passaient leur vie à ranger les chutes de tissus que les grossistes balançaient, le soir, dans des sacs-poubelles. Aussitôt arrivaient les femmes tziganes qui éventraient les sacs pour récupérer tout ce qui pouvait l'être. Et après elles, M. et Mme Meyer devaient ramasser les chutes de chutes. Toute une vie comme ça.

Il y avait M. et Mme Brandy, les traiteurs. Presque tous les soirs, je dînais dans mon studio avec Marie. La nourriture du « Diplomate » était infecte, et c'était plein d'ivrognes à cette heure-là. C'était si bon, au contraire, d'aller chercher notre repas chez les Brandy et de s'attarder un moment à bavarder avec eux. Ils avaient toujours un mot gentil, et tout était prévu pour nous simplifier la vie — même la viande pour le chien de Marie. Roméo avait toujours sa viande coupée en petits morceaux.

Il y avait encore les livreurs, les coursiers, les vendeuses de spécialités antillaises, les fourgueurs d'habits et de bijoux volés, les dealers, les femmes de ménage, les fleuristes ambulants et les joueurs de go, les facteurs et les retraités.

Il y avait les videurs. J'en avais deux. Daniel, mon copain, et Willy. Willy était un clone parfait d'Eddy Mitchell, son dieu. On le voyait souvent arpenter le trottoir, tenant en laisse son berger allemand.

Un soir, je venais de monter dans un taxi pour rentrer avenue de Versailles, lorsque plusieurs flics de la Brigade des mœurs ont encerclé la voiture. L'un d'eux m'a fait sortir brutalement du taxi pendant qu'un autre montrait sa carte et qu'un troisième serrait Willy.

Nous avons passé toute la nuit au poste. Les « mœurs » voulaient faire tomber Willy pour proxénétisme. On nous avait immédiatement séparés, mais je le voyais, à l'autre bout de la salle d'interrogatoire. Il m'adressait de grands gestes désespérés, puis mimait une copulation entre deux lapins, ce qui signifiait : « Dis-leur que je suis monté avec toi comme client. »

Les flics nous ont relâchés au matin, sans aucune inculpation — probablement grâce à mon protecteur, le flic ripou.

Et puis parfois, on riait bien — comme ce jour où le pape, alors en France, devait célébrer une messe à Saint-Denis, la basilique, et où on a vu débarquer rue Saint-Denis tout un tas de pèlerins provinciaux qui s'étaient trompés d'adresse...

A tous ceux (il y en avait!) qui me demandaient où l'on pouvait voir le Saint Père, j'indiquais l'adresse du studio de Cathy Gros Seins.

Et Jean-Michel ? Et mon amour ?

Jean-Michel allait de mal en pis, et mon amour aussi.

On ne se voyait presque plus. Jean-Michel était toujours ailleurs, loin. Le plus souvent, je ne savais même pas où, et encore moins ce qu'il pouvait fabriquer. A vrai dire, je ne posais même plus de questions : j'avais trop peur des réponses, ou bien cela m'était indifférent. Fabienne et les autres veillaient sur moi. C'étaient mes amis, si l'on veut ; c'étaient aussi mes geôliers.

J'aimais encore Jean-Michel, et je le haïssais. Je l'aimais suffisamment pour ne pas chercher à m'enfuir, pour l'attendre quand même, espérer ses retours. Mais plus assez pour trouver un sens à cette obéissance.

Et je le haïssais. Dix fois par jour, je souhaitais sa mort. Il me semblait qu'elle seule pourrait me délivrer de son emprise. Mais Jean-Michel était vivant, même s'il s'abîmait de plus en plus dans la coke. Il était devenu un grand drogué. Moi, je m'efforçais de n'en prendre que quand il était là, et, en gros, j'y réussissais. C'est peut-être ce qui m'a permis de m'en arracher plus tard, même si ce fut au prix de mille tourments.

En attendant, je vivais comme dans un brouillard qui me cachait le reste du monde. Le chat Pacha était mon seul vrai compagnon. J'étais à peu près libre d'organiser mon « emploi du temps » comme je le voulais. Pourvu que l'argent rentre, je pouvais m'arrêter quelques jours lorsque j'étais à bout. De temps à autre, j'allais voir mes parents à Genève. Je leur apportais des cadeaux (je pouvais me le permettre : j'avais de l'argent) et ils étaient contents. Ils n'avaient jamais entendu parler de Gilda et ils étaient contents de voir leur petite Nicole toujours si bien habillée. Ils étaient contents qu'elle ait trouvé un homme qui s'occupe aussi bien d'elle. Ils ne posaient jamais de questions, ils étaient contents.

En fait, tout s'est passé comme si j'avais disparu de leur vie pendant cinq ans. Une seule fois, ils sont venus me voir à Paris. Nous ne cessions de déménager, Jean-Michel et moi — l'appartement que nous occupions alors étant trop petit pour les loger, nous leur avions pris une chambre à l'hôtel, et Jean-Michel les avait invités au restaurant. Mille grâces à belle-maman. Quand ils sont partis le lendemain, ils étaient contents. Je n'ai jamais vu des gens aussi contents de tout.

Dans leur esprit, Jean-Michel était toujours l'homme d'affaires entreprenant pour lequel il s'était fait passer, et moi, je reprisais ses chaussettes.

J'ai disparu de leur vie. Plus tard, en regardant des photos prises pendant ces années-là, j'ai été étonnée par le nombre d'événements de la vie familiale dont je n'avais pas été informée.

— Tu n'étais pas là, a répondu simplement ma mère.

Non, je n'étais pas là.

J'étais rue Saint-Denis ou, pire encore, dans un hôtel cinq étoiles au bord du lac Léman.

J'ai dit plus haut que c'était magnifique. Le lac était magnifique. Le monde était magnifique. Ou plutôt, il l'aurait été si, dans ce monde, il n'y avait pas eu Jean-Michel.

Le premier soir, il avait été adorable. Il cherchait à me faire oublier cette agression dont j'avais été victime, l'hôpital et le reste : il faut bien remonter le moral des troupes. Mais, au-delà, que pouvait Jean-Michel, quand bien même il l'aurait voulu ?

C'est cette fois-là que j'ai compris jusqu'où la coke l'avait conduit, et qu'il n'en reviendrait pas.

Nous étions à la fenêtre de notre chambre, contemplant le lac qui brillait doucement dans l'obscurité, quand il m'a soudain saisi le bras et m'a dit, la voix pleine de panique :

— Regarde, il y a des types sur le toit de l'hôtel...

J'ai regardé. Il n'y avait personne.

— Mais non, Jean-Mi. Tu as pris trop de coke, tu délires.

— Je ne délire pas du tout. C'est toi qui n'as aucune idée de tout ce qui se passe. J'appelle le veilleur de nuit.

Il l'a fait. Le veilleur de nuit est arrivé avec une torche et, bien entendu, il n'a vu personne sur les toits.

Ce qu'il a vu, dans la chambre où on l'appelait, c'est un type aux yeux perdus, aux narines blanches de coke, en pleine crise de paranoïa, et une fille la tête enrubannée dans le pansement qu'on lui avait fait à l'hôpital !

C'était cela, notre vie, désormais, et c'était ça, nos retrouvailles.

Je nous revois à l'Hôtel Royal, à Deauville. A force de sniffer, nous n'arrivions plus à articuler deux mots. Jean-Michel était terriblement frustré : il avait plein de coke, mais nous étions seuls. Personne avec qui « faire la fête ». A la fin, délirant totalement, il s'est mis à écrire quelques mots sur des petits morceaux de papier que nous allâmes glisser sous les portes des chambres voisines : « Venez avec nous faire la fête. Nous sommes à la chambre 201. » Un couple de jeunes Américains a répondu à l'invitation : ils sont venus sniffer avec nous et sont vite repartis, tellement Jean-Michel était effrayant.

Il ne supportait plus de rester seul un instant ; il fallait toujours qu'il y ait du monde, plein de monde, autour de lui. Il rêvait de fêtes somptueuses, de gigantesques partouzes, et c'était chaque fois un bide monumental, car si la drogue dissipe les inhibitions, elle coupe aussi tous les moyens. Impossible de faire l'amour ; impossible même de parler. C'était abominablement triste : on buvait, on prenait de la coke pour être bien, pour échapper à la réalité, et après quelques flashes, il n'y avait rien, rien qu'une longue descente douloureuse.

Ces descentes étaient d'autant plus terribles que Jean-Michel, revoyant ses dérapages, ses impuissances, l'échec de tout, n'avait qu'une hâte : replonger pour oublier. Et tout recommençait.

Mes descentes à moi étaient tout aussi terrifiantes. Avant même la douleur, c'était une envie de mourir, là, tout de suite, l'impression de ne pas pouvoir supporter une ligne de plus, pas une seule. Puis venaient les maux de tête, effrayants. De tête et des narines, des sinus. Et puis les nausées, et avec elles le sentiment de toucher le dernier degré de la misère physique et psychologique.

Et puis on recommence. A cause du manque, du corps qui réclame à nouveau et toujours. A cause de la montée, aussi, qui peut seule faire oublier la descente. A cause du flash et de l'incroyable illusion de liberté, de supériorité, qu'il vous procure. Illusion, certes, mais tant qu'elle dure...

Alors, une ligne encore, la dernière. Et puis une autre et la suivante. Chacune est la dernière, mais il faut la suivante — jusqu'à l'overdose. J'ai fait deux overdoses.

Et notre vie — le peu de vie que nous partagions encore, Jean-Michel et moi — devenait de plus plus chaotique, incohérente, dangereuse et... ridicule.

Une nuit, dans un hôtel de Bandol, nous avons demandé au réceptionniste de nous monter une bouteille de champagne. Nous étions complètement défoncés et nous fichions bien du champagne ; c'était seulement pour avoir une visite, pour voir quelqu'un.

Lorsque le réceptionniste a frappé à la porte, Jean-Michel a été saisi d'une terrible angoisse. Cela lui arrivait de plus en plus souvent : il devait s'imaginer que c'étaient les flics qui débarquaient, ou je ne sais quoi, je ne sais quel fantôme. Il est parti s'enfermer dans la salle de bain, et c'est moi qui suis allée ouvrir. J'étais en slip et soutien-gorge noirs, avec des chaussures à hauts talons. J'ai juste eu le temps d'enfiler une chemise. Le type a eu l'air ahuri quand il m'a vue, et il y avait sûrement de quoi. J'étais en plein trip, je ne comprenais rien à ce qui se passait. Le réceptionniste m'a sauté dessus avant de partir.

Lorsque je me suis réveillée le lendemain, au milieu de l'après-midi, je me suis vaguement rappelé ce qui s'était passé, et j'ai compris pourquoi il y avait sous la porte un message à mon intention, avec un numéro de téléphone...

L'histoire avait fait le tour de l'hôtel.

Dans le hall, sur la plage, je voyais toutes les têtes se tourner vers moi, et j'entendais les gens murmurer : « C'est elle. » Est-ce que je l'entendais, est-ce que je l'inventais ?

Jean-Michel était déjà parti, pour chercher de la coke à Saint-Tropez. Je me suis enfuie de Bandol, et je suis allée le rejoindre.

Traquée à Bandol, je l'étais aussi à Paris. J'avais l'impression qu'une nasse se refermait, et que quelque chose approchait.

C'est alors que j'ai été rattrapée par ma vie d'avant.

Il y a toujours beaucoup de touristes rue Saint-Denis. Des cars entiers passent au ralenti, et leurs occupants en profitent pour mitrailler les filles comme ils viennent de photographier les animaux du zoo de Vincennes. C'est connu, la prostituée est un animal femelle qui vit en semi-liberté sur les trottoirs des grandes villes et se nourrit du rêve des hommes.

Toujours est-il que ce safari photographique est un des cauchemars des filles, qui redoutent presque davantage les cars de touristes que les cars de flics. Leur peur, leur hantise, c'est qu'une de ces milliers de photos qui courent le monde ne paraisse un jour dans un journal quelconque et n'atterrisse sur la table de leur famille.

Leur peur, leur hantise, c'est d'être reconnues. Elles sont rares, celles qui ont dit à leur mère : « Maman, je suis pute. »

C'était aussi mon angoisse à moi, contre laquelle la voilette que je portais presque toujours constituait un rempart bien fragile, une assurance que je savais illusoire.

Aucun maquillage, aucun camouflage ne vous protège d'un regard qui se souvient.

Et, bien entendu, ce que je redoutais a fini par se produire.

C'était un soir, vers 19 heures. Je n'avais pas prêté spécialement attention au petit groupe d'hommes qui approchait.

— Nicole...

J'ai sursauté, mon sang s'est glacé. Mais, à la fin, il a bien fallu que je regarde en face l'homme qui m'appelait par mon nom. Ce n'était jamais arrivé, pas une seule fois. Pour tout le monde, dans le quartier, j'étais Gilda. Le plus souvent, je n'avais pas de nom du tout.

— Nicole, mais qu'est-ce que tu fais là ?

C'était mon premier amour, le premier homme avec qui j'avais vécu, l'athlète qui devait me faire un enfant...

Pour comble d'horreur, il n'était pas seul. Il y avait avec lui un de mes copains d'enfance, et d'autres hommes que je ne connaissais pas. Ils étaient là, venus de Genève, à se balader — et moi, dans ma robe noire moulante, à faire la pute sur leur chemin !

D'abord, je n'ai pas su quoi dire, et puis je me suis mise à bredouiller, très vite, n'importe quoi, assez pour qu'ils comprennent s'ils avaient envie de comprendre.

Il avait l'air très calme, très positif.

— Si tu veux, me dit-il, tu peux rentrer avec nous.

Tu ne dois pas avoir peur, viens. Au besoin, on demandera l'aide de la police.

— Je ne peux pas.

— Pourquoi ?

Oui, pourquoi ? Je n'ai pas pu lui répondre. Je n'ai pas pu dire Jean-Michel et l'amour, Jean-Michel et la drogue, Jean-Michel et son flingue. C'était trop, et j'étais si bouleversée de les voir.

Par la suite, je leur ai téléphoné deux fois. Ils m'ont écoutée, c'était déjà beaucoup. Ils voulaient toujours « me sortir de là », à condition que ça ne pose pas trop de problèmes :

— On ne veut pas mourir pour toi, tu comprends, mais si on peut t'aider...

Non, bien sûr, personne ne devait mourir pour moi ; je n'en demandais pas tant.

Et puis, il y a eu Antoine, encore un ami d'enfance. La dernière fois que je l'avais vu, il était régisseur de théâtre ; à présent il travaillait comme animateur au Club Méditerranée. Le siège du Club était tout près de là, rue de la Bourse ; il passait en voisin.

Il est venu vers moi, et il m'a embrassée sans rien dire. Mon cœur a failli s'arrêter.

Nous nous sommes revus plusieurs fois, et lui, je crois qu'il comprenait. Mais cesse-t-on de juger parce qu'on comprend ?

— As-tu pensé à ta famille ? m'a demandé un jour Antoine.

Oh ! oui, j'y avais pensé. C'est elle, plutôt, qui m'avait oubliée. Pas de nouvelles, bonnes nouvelles.

Nicole ? Elle est à Paris...

1983

Le temps passait, et la chute semblait ne jamais devoir finir. Je ne savais plus ce que je préférais, des nuits sur le trottoir ou des jours avec Jean-Michel.

Nous vivions n'importe comment, n'importe où et n'importe quand. N'importe quoi, surtout. L'envie de partir le prenait souvent comme une fièvre, et il arrivait qu'il m'emmenât avec lui, si les affaires, les siennes ou les «miennes», avaient été bonnes.

Nous passâmes un mois à Marrakech, et puis il y eut des semaines à Deauville, à Saint-Tropez, à Courchevel ou à Megève. Pas un lieu à fric et à frime que nous n'ayons fréquenté un jour ou l'autre. Jean-Michel ne se supportait pas ailleurs. Et là non plus, à vrai dire, il ne se supportait pas. C'était toujours la même fuite en avant, toujours les nuits dans les boîtes, les nuits à boire, les nuits éclatantes, éclatées — et les descentes, toujours plus brutales, plus humiliantes.

Jean-Michel, en outre, devenait violent ; les épisodes de délire se rapprochaient. Un soir, à Saint-Tropez, il me tira dessus à deux reprises parce que je lui avais dit que je voulais le quitter. Il avait tiré sans viser, mais je n'étais qu'à trois mètres de lui, et s'il n'avait pas été aussi défoncé, je serais sûrement morte. Ce soir-là, la coke m'a sauvé la vie. Même cela, viser juste, la drogue l'interdit. C'est très dur pour les durs, vrais ou faux.

Au mois de novembre de cette année-là, nous sommes partis pour l'île Maurice. Jean-Michel voulait y ouvrir un dancing ; je ne sais pas qui lui avait mis cette idée-là dans la tête.
Est-ce que j'ai espéré quelque chose de ce voyage qui pouvait constituer au moins un dépaysement ? C'est très loin, l'île Maurice, et on pouvait toujours imaginer que la pression qui pesait sur chacun de nous se relâcherait un peu. Mais y croyais-je vraiment ? Avec quelqu'un comme Jean-Michel, le paysage est toujours le même : le jeu, la coke, le fric. Et toujours des filles pour rapporter le fric. Je le voyais d'ici, son dancing !

Naturellement, nous avions emporté de la coke, malgré le risque qu'il y a à voyager avec ce genre de marchandise.
Nous avions loué une villa à Rivière-Noire. Il y avait un jardinier, une cuisinière, et un couple pour s'occuper de la maison : le personnel était « compris » dans la location. C'était *Autant en emporte le vent*, et Jean-Michel vivait un rêve. « Je me sens l'âme d'un colon », répétait-il dix fois par jour ; je m'étonnais qu'il eût une âme. Il restait des heures à l'ombre, au bord de la piscine, à regarder les iguanes, un verre de whisky dans une main, un havane dans l'autre, et la musique braillait du matin au soir. Ce type, c'était les sept péchés capitaux à lui tout seul !
Je m'aperçus vite que, même ici, Jean-Michel retrouvait sa société, son monde à lui : ces gens-là

sont partout chez eux. Là comme ailleurs, il y avait des filles superbes et des paumés qui se prenaient pour des voyous. Pour quelques roupies par mois, Jean-Michel avait, en outre, engagé un jeune Mauricien qui lui servait de « secrétaire » et qui devait l'aider dans ses démarches concernant le dancing. En réalité, il faisait surtout les courses.

La coke que nous avions réussi à passer ouvrait toutes les portes et nous étions invités tous les soirs à des « fêtes », des « pétards-parties ». On faisait le tour des casinos. Le père de Jean-Michel aurait été fier de son fils !

Un jour, sur la plage, nous avons rencontré les musiciens de Francis Cabrel, qui effectuait une tournée à Maurice et à la Réunion au bénéfice de la Croix-Rouge. Nous avons sympathisé et, le soir même, nous organisions une grande fête à la villa, une de plus : au menu, langoustes et maïs grillé. Cabrel est arrivé avec sa femme. Ils sont partis au bout de dix minutes : Cabrel ne supportait visiblement pas la frime de Jean-Michel qui jouait au grand seigneur négrier. Les musiciens, eux, sont restés, mais on voyait qu'ils étaient de plus en plus mal à l'aise. La soirée fut sinistre. Pour une fois, Jean-Michel avait raté son coup : il s'était trompé de public.

Nous recevions également des équipages entiers de la British Airways ou d'Air France : ça me changeait des voyous. Il y avait aussi un secrétaire d'Etat qui me trouvait « très, très belle ». Gerbes de fleurs et repas au restaurant : notre relation était tout à la fois romantique et platonique. Je suppose que Jean-Michel, qui pensait à ses autorisations, voyait cela d'un bon œil. Nous sommes même allés faire du cheval dans la propriété du Premier ministre.

Et puis, la coke est venue à manquer et nous avons essayé de nous mettre à l'opium : on allait dans les fumeries. Il fut d'abord difficile d'en trouver une : elles sont interdites et leurs adresses ne circulent que sous le manteau. Mais dès lors qu'on connaît quelques policiers complaisants...

« Notre » fumerie était tenue par deux frères et leur mère. On nous préparait notre pipe et nous allions nous coucher sur des banquettes ; c'était tout à fait comme dans les romans exotiques de la fin du siècle dernier... Jean-Michel s'y est très bien adapté ; il adorait cette ambiance malsaine. Moi pas : j'étais malade, je vomissais, j'ai arrêté. Aujourd'hui encore, le simple souvenir de l'odeur de l'opium, âcre et tenace, suffit à me lever le cœur.

Mais tout n'était pas absolument noir. Malgré l'absence de coke, qui m'était douloureuse, je reprenais un peu goût à la vie. Jean-Michel aussi, dans une certaine mesure. Il se montrait moins paranoïaque, moins violent, et, petit à petit, je me refaisais une santé. Ce fut presque une année ensoleillée, la seule de notre vie commune. De temps en temps, je retournais une ou deux semaines à Paris pour gagner rue Saint-Denis de quoi vivre à Maurice. J'aurais pu trouver dans ces voyages l'occasion de m'enfuir. Je ne l'ai pas fait.

Finalement, il apparut que, malgré les relations qu'il s'était faites, Jean-Michel ne pourrait pas ouvrir son dancing : les autorisations nécessaires étaient impossibles à obtenir. Encore un projet qui partait en fumée, un après tant d'autres : les plans de Jean-Michel étaient toujours fumeux. Mais nous étions bien à Maurice — j'ai adoré cette île, cette vie au soleil, plus simple qu'ailleurs, malgré tout — et nous décidâmes de rester jusqu'au moment où nous n'aurions plus d'argent du tout.

C'est dans cette atmosphère plus détendue, où nous nous retrouvions un peu, que Jean-Michel me proposa de m'épouser selon le rite hindou.

Bien sûr, ce n'était pas un vrai mariage et cela ne l'engageait pas beaucoup, mais c'était quand même gentil, peut-être un peu amoureux. Je serais sa femme autrement que sur le trottoir.

J'acceptai, par curiosité. Tout cela était très folklorique, et d'ailleurs un autre couple de Parisiens nous imita, au cours de la même cérémonie. C'était surtout une fête de plus.

N'empêche qu'avec mes longs cheveux noirs, j'étais très jolie dans mon sari rouge... et un peu émue.

Sentiment bientôt dissipé. Tout cela, c'était, comme la coke, une façon d'oublier la réalité. Elle allait vite nous rattraper.

1984

Je suis rentrée à Paris début novembre. Jean-Michel me rejoindrait une semaine plus tard. La première chose que je fis en arrivant fut d'aller récupérer mon chat qui avait passé toute cette année chez Mouche.

A peine avais-je remis le pied avenue de Versailles qu'une terrible angoisse me saisit. Tout allait recommencer, je le savais, et ce serait plus dur encore après l'espèce de répit qu'avait constitué l'île Maurice. Tout allait recommencer, et je ne voulais pas, mais je ne savais de quel côté me tourner pour trouver de l'aide.

Il y avait un annuaire sur ma table de chevet. Je l'ai pris et, machinalement, je l'ai ouvert aux pages « Médecins », puis « Psychiatres ». J'ai relevé une adresse à cinq cents mètres de chez moi, et j'ai téléphoné pour prendre rendez-vous.

Je n'y suis pas allée deux fois.

Le type m'a à peine regardée. Ses premiers mots ont été :

— C'est 250 francs la consultation ; on paye tout de suite. Qu'est-ce qui vous amène ?

Ça ressemblait à une passe !

— Tout, ai-je répondu. La vie, la drogue...

Il n'avait pas l'air au courant de ces choses-là. Je n'ai pas insisté.

La drogue, Jean-Michel, lui, savait ce que c'était. A vrai dire, il ne connaissait plus que ça. Le jour même de son retour, il se mit en quête de coke. Même s'il avait compensé avec l'opium, tous ces mois sans « sa » drogue avaient été une terrible frustration. Il « fit la fête » pendant trois jours et trois nuits de suite, soixante-douze heures sans dormir, à sniffer, fumer, boire du whisky — puis vingt-quatre heures d'un sommeil de bête. Non seulement tout recommençait, mais ça recommençait trop vite ; j'étais sûre qu'il courait à la catastrophe.

Ça ne manqua pas : il fit une overdose. Puis revinrent les crises de paranoïa violente ; il voyait des flics partout.

— Regarde, me disait-il, il y a des mecs assis dans toutes les voitures. Ce sont tous des flics.

C'étaient les appuie-tête des sièges.

J'en avais assez, j'avais peur. Je voulais qu'on me laisse tranquille, je voulais qu'il meure. J'arpentais le trottoir. Et même là, on me faisait la gueule, maintenant. A cause de Jean-Michel, et d'une idée stupide qu'il avait eue.

Par l'intermédiaire de copains du Sentier, il avait été approché par une équipe de télévision qui faisait une enquête sur la prostitution en général et le proxénétisme en particulier. Jean-Michel avait trouvé là de quoi satisfaire son narcissisme et sa mégalomanie, et il avait aussitôt accepté de répondre. On ne le voyait que de dos, naturellement, en train de débiter des choses du genre : « Ma femme, je l'aime... C'est un métier comme un autre. » Venait ensuite une séquence dans le studio du passage Lemoine. Moi, je faisais la pute, bien entendu, et un copain de Jean-Michel, jouait le rôle du client. Comme retour devant la caméra, c'était réussi ! Le tout durait deux minutes, moins qu'une passe au rabais, et mon visage était caché.

Qu'elles y aient vu de la concurrence déloyale ou, plus profondément, qu'elles n'aient pas apprécié cette façon de traiter leur vie par-dessus la jambe, les filles du quartier n'avaient pas du tout aimé ma prestation, et je ne pouvais que leur donner raison.

Parmi les « amis » de Jean-Michel, il y en avait un que j'aimais mieux que les autres. Il s'appelait David et il était grossiste en vêtements rue d'Aboukir. Jean-Michel et lui jouaient souvent au poker ensemble. Un jour, il m'a invitée à venir voir sa nouvelle collection de fringues, et j'ai accepté.

Il est passé me prendre avenue de Versailles. Jaguar, costume Smalto, montre Rolex. Frime, frime, frime. David réunissait en sa personne tous les clichés du Sentier ; ça ne me changeait pas beaucoup.

Il m'a emmenée dans un restaurant russe, puis nous sommes allés boire un dernier verre chez lui. Il n'y avait pas de coke, aucune drogue, et nous avons beaucoup parlé, un peu flirté aussi. C'était ma première soirée normale depuis bien longtemps. Il m'a raccompagnée et nous sommes encore restés longtemps à parler dans sa voiture, à refaire le monde, à réinventer nos vies : « Et si je... Et si tu... »

Si je quoi ? Et lui ? David était jeune et beau, et lui aussi voulait me « sortir de là », ou du moins le croyait. Mais aurait-il eu le courage, la force, d'affronter le milieu ? Je n'avais pas, moi, celle de l'y pousser, et pas non plus celle de commencer une nouvelle histoire. Tout était si compliqué, si risqué, et j'étais si lasse.

Décembre 1984

— Hépatite B.
Voilà, le verdict est tombé.
C'était donc ça, cette grande fatigue, ce teint jaunâtre, chaque matin, dans le miroir, et qui exigeait de plus en plus de maquillage pour se faire oublier.
— Qu'est-ce que je dois faire, docteur ?
Il évite mon regard, feint de s'absorber dans la rédaction d'une vague ordonnance. Il a tout de suite vu ce que j'étais.
— Mettez des préservatifs, lâche-t-il seulement.
Bien sûr. Qu'est-ce qu'on peut dire d'autre à une pute ? Qui peut même s'y intéresser ?
Il ne m'a même pas demandé pourquoi j'avais les pupilles aussi dilatées. Il le sait et il s'en fiche. La coke, dans un cas comme le mien, fait partie de l'ordre des choses.
Une pute est une toxico, et réciproquement.
Il a presque raison.
Je me sens très lasse, soudain, la tête et le cœur vides. La ville, le soir ont pris des reflets mats, plombés. C'est l'hiver, Noël bientôt. Noël, c'est cette chose pour les enfants, si je me souviens bien.
C'est presque machinalement que je rentre ave-

nue de Versailles, chez nous. Chez nous ! Ces mots, pour un peu, me feraient rire, ricaner.

Jean-Michel est là, qui m'attend — si on peut appeler ça attendre.

J'ai à peine mis le pied dans l'appartement que, sans même me demander d'où je viens, comment je vais ou aucune de ces choses qu'une personne normale demande à une personne normale, il sort la coke, la pose sur la table basse et me propose une petite ligne.

— Juste pour faire la fête, dit-il.

La fête !

J'essaie de lui expliquer que ce soir je n'en veux pas, que je suis malade, il s'en fout autant que le médecin.

Un peu moins, peut-être. Malade, je ne peux pas travailler, ou pas assez. Et si je ne travaille pas, avec quoi paiera-t-il la coke ? C'est aussi simple que ça. Pour lui, je veux dire.

Et Jean-Michel veut faire la fête... De guerre lasse, je vais chercher une paille, et nous passons la nuit à sniffer et à fumer.

Le lendemain matin, je suis encore un peu plus jaune, et le jour, dehors, a la couleur de mes traits. Il va être difficile de trouver des clients avec la mine que j'ai. Ça se voit tout de suite, une fille malade.

Il n'y a pas grand monde sur le trottoir, et pas de clients non plus. C'est toujours comme ça à l'approche des fêtes : on se remet à croire à la famille et on économise pour les cadeaux.

En plus, il fait froid. Un froid atroce, pénétrant, qui vous prend jusqu'à la nuque. Je remonte au studio enfiler une deuxième paire de chaussettes.

— Tu prends combien ?

En voilà un. Je devais rêvasser, je ne l'ai pas vu tout de suite.

Il répète :

— Combien ?

— Deux cents.

Deux cents francs, c'est mon prix aujourd'hui. C'est ma valeur. C'est combien ? Tu coûtes combien ? Je coûte deux cents, voilà. Pour cinq minutes.

C'est cela, je crois, que je supporte le moins. C'est cette question qui, chaque fois, me lève le cœur ou ce qu'il en reste : « Tu coûtes combien ? » On me l'a demandé des milliers de fois ; je ne m'y suis jamais habituée.

Essayez un peu d'annoncer votre prix.

Sur la table du studio, j'ai aligné cinq préservatifs. Il me faut cinq passes pour acheter la coke de Jean-Michel. Au cinquième bout de latex jeté dans la corbeille, j'arrête, je rentre, j'en ai marre.

Comme hier, il m'attend. C'est-à-dire qu'il attend l'argent. Dès qu'il l'a, il file chercher de la coke.

Mais ce soir, je ne guetterai pas son retour. Je n'ai qu'une envie : dormir, dormir à n'en plus finir. Je n'ai même plus faim, rien. Par habitude, j'avale deux Valium ; je n'en avais pas besoin.

J'ai dû mettre longtemps à me rendre compte qu'on me parlait, qu'on me secouait, qu'on voulait m'arracher à ce sommeil qui est désormais ma seule terre promise.

C'est Jean-Michel, naturellement. Il est euphorique. Il veut encore « faire la fête », se « péter la tête ». Il avait plus de vocabulaire, jadis.

— C'est de la bonne ! jubile-t-il, en me fourrant la coke sous le nez.

— Jean-Michel, non ; j'ai pris un truc pour dormir. Laisse-moi tranquille. Tant mieux, si c'est de la bonne.

— Juste un petit gramme...

Combien de fois ai-je entendu cela : « Juste un petit gramme » ? Mais comment suis-je faite ? Je ne veux pas, mon corps ne veut pas, et je cède. Je cède, et de petite ligne en petite ligne, ça finit par faire un sacré voyage. Nous passons la fin de la nuit et toute la journée du lendemain à nous « péter la tête ». A ce jeu, Jean-Michel gagne toujours.

A la tombée du jour, il s'en va je ne sais où, à la recherche d'un plan. Ce soir, je n'irai pas « travailler », j'en suis incapable, et d'ailleurs il ne rentrera pas de la nuit.

Valium.

Il est midi quand je me lève. Mal de tête à hurler, et ces crampes qui me plient en deux. Il faut que ça cesse, il le faut. Dehors, c'est toujours l'hiver. Que ferai-je de moi, aujourd'hui ?

Un bruit de clef dans la serrure m'arrache à la fenêtre. Jean-Michel est là, devant moi. Il a sa tête des mauvais jours, de presque tous les jours. Mais cette fois, c'est la colère qui le rend blême. Il se met à parler si vite, si fort, de manière si confuse, que dans la brume où je suis, je ne comprends rien à ce qu'il dit.

J'entends seulement : « Tu m'as balancé ! » Et puis qu'il m'accuse de lui avoir volé des doses, d'avoir téléphoné aux flics, je ne sais quoi d'autre.

Je ne l'ai pas vu venir : il se jette sur moi et me frappe à toute volée, hurlant qu'il va me tuer. J'évite de justesse le vase qu'il me balance en pleine figure. Et puis la porte claque, il est parti.

Je m'enferme à double tour, et prends soin de laisser la clef dans la serrure pour qu'il ne puisse pas rentrer. Un miroir, au passage, me révèle les bleus que je porte au visage, là où il a tapé. Me voilà jaune et bleue, maintenant ! De mieux en mieux, ma fille...

C'est trop. Je m'effondre en pleurant. Je m'appelle par mon prénom, comme si je pouvais encore me venir en aide à moi-même, comme s'il n'était pas trop tard pour tout.

J'ai peur. Il va revenir, me frapper de nouveau. Il va me tuer, il peut le faire. Je ne suis plus rien, mais je ne veux pas mourir. Pas maintenant, pas ici, pas seule comme ça. Pas à vingt-six ans.

Je n'ai plus d'âme, plus de corps, plus rien qui soit moi. Je ne suis plus que du néant qui veut durer.

Je dois absolument filer avant le retour de Jean-Michel. Il est dans un tel état qu'il pourrait *vraiment* me tuer. C'est devenu son désir, j'en suis certaine.

J'enfile un jean et un pull, je fourre Pacha dans son sac Vuitton. Je n'ai presque pas d'argent : juste les 2 000 francs gagnés dans la journée. Je les prends. Je n'emporte aucun bagage, je laisse toutes mes affaires : mes vêtements, mes photos, mes souvenirs. Quels souvenirs ?

Gare de Lyon, le TGV vient de partir. Je monte dans un train de nuit. Pacha a faim, il miaule. Patience, mon chat, patience. Moi aussi, je suis mal, moi aussi j'ai froid et faim — même si je ne sais pas de quoi. D'une autre vie, Pacha, avec toi, tous les deux. Je suis si fatiguée, si terriblement fatiguée, maintenant que l'hépatite s'est vraiment déclarée.

Changement à Bellegarde, dans l'Ain. Il est cinq heures du matin. Le chat et moi nous installons dans la salle d'attente, lui au chaud dans son sac, moi allongée tant bien que mal sur une banquette. Je suis si épuisée que je m'endors aussitôt. Je n'aurais pas dû : quand un cauchemar me réveille, le train est déjà parti. Dehors la nuit est noire et froide.

Le buffet est fermé; impossible, même, de prendre un café, mais il y a un taxi devant la gare. Je n'en peux plus, je ne tiendrai jamais ici jusqu'à l'aube, jusqu'au prochain train. Après un moment d'hésitation, je demande au chauffeur de me conduire jusqu'à Genève.

A peine assise dans la voiture, je m'endors à nouveau. Réveil brutal à la frontière, où le douanier aboie après moi :

— Qu'est-ce que c'est que ça ? Comme si on n'en avait pas assez chez nous, de cette vermine !

C'est mon chat qu'il traite de vermine.

Je n'arrive pas à réagir. J'ai dû montrer, outre mon passeport suisse, le carnet de vaccination de Pacha pour qu'il puisse accéder lui aussi au paradis helvétique.

Et puis, ce fut Genève, le retour au bercail de l'enfant dont personne ne s'était aperçu qu'il était perdu.

J'avais appelé mes parents de la gare de Lyon pour leur dire que j'arrivais.

Maman m'attendait. Elle m'a appris ce que j'avais :

— Tu t'es disputée avec Jean-Michel, et tu fais une petite dépression. Ce n'est pas grave, ma chérie. Tu as bien fait de venir nous voir.

Il a fallu que je lui explique que j'étais malade, que je le lui montre. Dans le train, les passagers de mon compartiment s'en étaient aperçus, eux. J'étais jaune à faire peur, et ils avaient eu peur ; je le voyais à leur regard.

Depuis combien de temps traînais-je cette saloperie ? Deux mois au moins. J'avais donc travaillé en étant contagieuse et j'avais dû refiler mon hépatite à pas mal de monde, puisque la plupart des clients refusaient encore les préservatifs. C'était déjà bien beau que le sida m'ait épargnée. En même temps, je me disais que c'était une chance — ou au moins un signe — que ce virus. Je n'aurais jamais eu le courage de partir si je n'avais pas été malade, et reprise, du coup, par l'instinct de la bête qui retourne dans son terrier se soigner ou mourir.

Ma mère a fini par comprendre que quelque

chose n'allait pas. Elle a appelé un taxi, et nous nous sommes rendues à l'hôpital. Pendant tout le trajet, elle n'a pas arrêté de répéter qu'elle ne comprenait pas pourquoi j'étais malade comme ça et que ça la rendait malade de me voir malade. Tant et si bien qu'arrivées à l'hôpital, il a fallu qu'on s'occupe d'elle presque autant que de moi.

J'ai été longtemps malade, plusieurs mois. Il n'y avait pas grand-chose à faire : vitamine K et régime. La drogue, c'était une autre affaire.

Ma mère avait décidé que j'avais attrapé cette hépatite à l'île Maurice ; je le lui laissai croire. Elle trouvait que c'était triste, cette belle histoire d'amour qui s'arrêtait. Mon père était mon père, comme toujours : ces histoires de femmes ne l'intéressaient pas. Nous vivions côte à côte, comme jadis, eux dans leur monde, moi dans le mien. J'étais rentrée chez moi, dans ma chambre d'enfant.

Ma chambre aux volets clos.

J'avais fui la terreur, et la terreur m'avait rejointe : Jean-Michel, dans les premiers temps, téléphonait sans arrêt, plusieurs fois par jour, et quand il n'appelait pas lui-même, c'était Mouche ou Fabienne qui le faisaient à sa place.

Aux supplications du début («Je t'aime, il faut que tu reviennes, je ne peux pas vivre sans toi») avaient vite succédé les menaces, voilées d'abord, puis directes, comme celle d'un « contrat » posé sur ma famille. Je n'étais pas certaine que Jean-Michel eût les moyens de trouver des tueurs pour ce genre de travail, mais on ne savait jamais, et il pouvait fort bien débarquer lui-même. Il le disait, d'ailleurs, qu'il viendrait me chercher et qu'il ne viendrait pas seul.

Au bout de quelques semaines, je raccrochais dès

que j'entendais sa voix, ou bien c'était ma mère qui prenait la communication et répondait que je n'étais pas là. Mais le téléphone n'en sonnait pas moins plusieurs fois par jour, et souvent au milieu de la nuit. Parfois, il n'y avait personne au bout du fil. C'était un cauchemar et une torture. Je n'osais plus sortir dans la rue (j'en étais d'ailleurs à peine capable ; aller jusqu'au bout de l'allée du jardin était déjà un exploit), et je n'ouvrais plus jamais les volets de ma chambre. Vivre cloîtrée me rassurait. Enfermée, coupée du monde, je commençais à me rassembler ; en tout cas, c'était mon projet.

Cela a duré trois mois pleins, et puis Jean-Michel a fini par se lasser. Il avait certainement trouvé une autre fille qu'il avait mise sur le même trottoir. Il ne manquerait pas de coke : il n'avait plus besoin de moi.

En fait, j'avais vu juste : Jean-Michel n'était plus en mesure de mettre ses menaces à exécution. Les gangsters vendent la drogue, ils n'aiment pas les drogués. Ils n'éprouvent pour eux que mépris et méfiance. Jean-Michel, devenu un grand drogué et qui n'avait jamais été lui-même un vrai gangster, rien qu'un de ces électrons fous qui tournent autour du noyau noir de la pègre comme des papillons fascinés par la flamme, était de plus en plus rejeté par ce monde auquel il avait cru appartenir. Sa chute avait commencé et il devait s'en rendre compte.

Il n'empêche que ce fut un soulagement d'autant plus grand, le jour où les coups de fil cessèrent, que j'avais un autre combat à mener, d'une tout autre importance. Rien ne serait possible pour moi, aucune vie nouvelle envisageable, tant que je n'aurais pas recouvré la santé. L'hépatite n'était rien — une maladie comme les autres —, c'était à la drogue qu'il fallait que je m'arrache une fois pour toutes, et je savais bien que c'était maintenant ou jamais.

Si je ne le faisais pas, je retomberais très vite. J'irais chercher d'autres Jean-Michel pour m'approvisionner, ou des gens pires que Jean-Michel, et je ferais ce qu'ils me demanderaient. De cela, je ne voulais plus, mais il allait falloir en payer le prix.

Mes parents n'ont jamais voulu comprendre que leur fille était une prostituée, ni à quel point elle était malade : ce n'était pas pour admettre qu'elle puisse être une droguée.

Un soir, nous regardions la télévision, ma mère et moi. Il y avait un reportage sur les toxicomanes. Soudain, elle se tourna vers moi, et déclara, visiblement satisfaite :

— Quelle chance nous avons eue, papa et moi, de ne pas avoir de problèmes avec nos enfants ! Regarde-les, ces malheureux !

J'étais couchée sur le divan, à côté d'elle, parce que je n'avais même pas la force de me tenir assise. J'étais jaune et défigurée, tremblant de manque ; je n'avais plus que la peau sur les os...

Puisque maman n'avait jamais eu de problèmes avec ses enfants, j'allais devoir me battre seule.

J'allais deux fois par semaine dans un centre de désintoxication. Ces jours-là, ma mère ne me demandait jamais ce que je faisais.

Toute la thérapie consistait en des entretiens avec une psychologue curieuse surtout de savoir *comment* on en était venu à la drogue, et en discussions avec d'autres toxicomanes. On se racontait nos petites histoires — ou ce qu'on voulait bien en dire — et à quel point c'était dur. Les premiers temps, on avait droit, en outre, à quelques tranquillisants. A part cela, sevrage absolu; un point c'est tout. Il fallait être aussi totalement motivé que je l'étais (c'était ça ou crever, ça ou retourner sur le trottoir) pour avoir une chance de s'en sortir.

On imagine mal, quand on ne l'a pas vécu, le vide vertigineux dans lequel vous jette le sevrage, l'épouvantable *malheur* physique dans lequel il vous plonge. C'est pire que les descentes; c'est comme une descente qui durerait toujours : douleurs, courbatures, crampes, migraines, diarrhées et, pour les sniffeurs de coke, une irritation permanente des narines. C'est comme si toute la vie n'était plus qu'un vaste état pathologique.
Le moindre geste était un problème, le plus minuscule déplacement une aventure. Descendre d'un trottoir était au-dessus de mes forces; c'était comme si le sol se dérobait sous mes pas, comme si la terre tout entière se mettait à tourner sous moi. Vacillante, je continuais mon chemin dans l'espoir de trouver ailleurs, plus loin, une pente plus douce, comme un vieillard ou un infirme.
J'étais naturellement incapable de conduire et ne pouvais emprunter que les transports en commun, dans lesquels ma panique était totale : trop de monde, trop de bruit, trop de marches à monter, à descendre, trop de gestes, trop de vie.
Mais cela n'était rien encore, à côté de la misère psychologique, du délabrement affectif et intellectuel qui furent les miens — et dont je pus enfin prendre la mesure — quand je dus arrêter les tranquillisants. Je me retrouvai dans un état de confusion mentale indescriptible. Je n'arrivais plus à écrire, pas même à signer mon nom. Je ne savais pratiquement plus lire : je mélangeais les lettres, les

mots, j'avais oublié l'alphabet. J'enviais les enfants que je croisais dans la rue : le plus jeune, le plus fragile, était moins démuni que moi, et tellement plus présent au monde.

Le 14 juillet 1985, j'ai eu vingt-sept ans. Cela faisait maintenant six mois que j'étais rentrée chez mes parents, et je ne pouvais dire que j'étais vraiment revenue à Genève, puisque mes seuls trajets étaient ceux qui me conduisaient à l'hôpital et au centre de désintoxication, et qu'en dehors de ma famille proche, je ne voyais personne.

C'est ce jour-là — le jour de mon anniversaire — que j'ai décidé que Gilda la pute était morte et qu'il était temps de ressusciter Nicole. Temps de renaître à moi-même et de revenir aux autres.

Je savais que la route serait longue, hérissée de difficultés et peut-être de quelques pièges, mais je voulais la faire. Très lentement, au fil du temps passé dans ma chambre close, le désir de vivre m'était revenu, celui d'une certaine « normalité » aussi, et même quelques ambitions : celles qui peuvent habiter un être encore jeune et qui n'a rien fait de sa vie.

La première chose à faire était de trouver du travail. La Suisse était moins atteinte par le chômage que les autres pays d'Europe ; j'étais à peu près certaine d'en trouver assez vite. Ce n'était pas cela qui m'inquiétait, mais bien plutôt d'avoir à entrer dans un cadre social dont je n'avais pratiquement aucune expérience, et tout ce que cela impliquait au jour le jour : se lever tôt le matin, vivre en fonction d'horaires réguliers, s'intégrer dans un groupe humain, respecter une hiérarchie, supporter des contraintes, tout en éprouvant ou, du moins, en manifestant un minimum de confiance en soi. Tout cela m'était inconnu : j'avais toujours vécu dans les marges de la société ou dans une espèce de contre-société régie par d'autres codes, obéissant à d'autres règles que celles auxquelles j'allais devoir me plier. J'en éprouvais un mélange d'appréhension et d'excitation. Quelque chose comme du trac.

Je trouvai assez facilement un poste dans une agence de travail temporaire, comme conseillère de la clientèle. En clair, je devais téléphoner aux entreprises pour leur proposer des candidats aux postes qu'elles avaient à pourvoir. C'était à ma portée, à moi qui ne savais rien faire (j'avais bien mon baccalauréat, mais aucune formation), et je croyais avoir remporté ma première victoire quand il m'a fallu déchanter.

J'étais encore un peu exubérante, à l'époque, pour ce qui est de l'habillement. Disons que mes jupes étaient courtes. De plus, l'hépatite avait fini par disparaître, et j'avais retrouvé figure humaine. Bref, je n'étais pas depuis quinze jours dans cette agence que le patron m'a sauté dessus. Cela, je ne pouvais plus le supporter. Je l'ai menacé des prud'hommes, j'ai réclamé mes deux semaines de salaire, et je suis partie — non sans avoir cherché dans le fichier de la boîte une nouvelle adresse à laquelle me présenter.

Une société multinationale cherchait une téléphoniste-réceptionniste, sachant parler anglais et connaissant la dactylographie et le télex. C'était tout à fait moi... à ceci près que mon anglais était des plus approximatifs et que je n'avais aucune notion ni du télex ni de la dactylographie.

Par chance, l'entretien d'embauche fut très rapide et on ne me fit passer aucun test. Là encore, on m'a engagée sur ma bonne mine.

Je devais commencer le 1er septembre, on était début août. Il me restait un mois pour apprendre le minimum qui me permettrait de faire illusion les premiers jours. Après quoi, je ferais mon apprentissage sur le tas. J'étais la première étonnée de mon optimisme.

Je m'inscrivis donc à un cours accéléré d'anglais — ou d'anglais accéléré. Toutes sortes de gens y assistaient, des retraités comme des étudiants. On parlait anglais toute la journée, et je fis effectivement des progrès rapides. J'appris le télex dans un manuel. Pour ce qui est de la dactylographie, je m'exerçais des heures durant sur une vieille machine trouvée dans la cave de mes parents. Ça irait, j'étais sûre que ça irait.

Il n'empêche que lorsque arriva le 1er septembre, j'étais morte de peur : il s'agissait cette fois d'un travail sérieux. J'étais aussi désireuse qu'on peut l'être de bien faire, mais qu'était-ce réellement que le travail ? A part ces quinze jours sans importance dans la boîte d'intérim, je n'en avais qu'une idée vague, et j'étais encore plus ou moins dans l'état d'esprit des filles qu'il m'arrive de rencontrer aujourd'hui et à qui je propose des stages pour se sortir de la rue. Le simple mot de « travail » les effraie et toutes me répondent qu'elles aiment mieux faire le tapin que s'enfermer dans un bureau. Un bureau, pour elles, est un endroit diabolique, où il faut obéir à tout un tas de gens qui vous persécutent du matin au soir. On croit rêver, quand on sait d'où elles viennent et ce qu'elles endurent, mais c'est ainsi. Et j'ai pensé comme elles. En outre, je me demandais comment j'allais faire pour vivre avec 3 000 francs suisses par mois, moi qui avais l'habitude de gagner 5 000 francs français par jour. Même si je ne voyais pratiquement pas la couleur de cet argent, qui allait au flic ripou, à Jean-Michel et dans la coke, ce n'était pas la même chose, ce ne serait pas le même train de vie.

La société où je travaillais gérait, entre autres, quatre ou cinq hôtels et des salles de spectacles.
On m'expliqua d'abord le fonctionnement du standard. Ça sonnait de partout à la fois (vingt lignes pour moi seule !) et cela paraissait si horriblement compliqué que j'en avais des sueurs froides. Une fois sur deux, le type au bout du fil parlait anglais ou allemand. Les membres de mon équipe s'aperçurent vite que j'étais débordée et vinrent gentiment à mon secours. J'eus tout de suite le sentiment d'être acceptée par eux.
La chance voulait que notre bureau fût très loin de celui du chef du personnel. Je pus donc faire mon apprentissage sans trop redouter qu'on découvre mon incapacité. Avec l'aide des autres, j'appris quelques phrases types en anglais et en allemand, et je finis par me débrouiller avec le téléphone, le télex et même la dactylographie.
Même les contraintes qui m'effrayaient les premiers jours (celle des horaires, par-dessus tout) me devinrent vite assez légères. J'aimais travailler, c'était une grande découverte, et j'étais heureuse,

le dimanche, de penser que le lendemain je retournerais au bureau. J'étais perdue pour Jean-Michel et les siens ; je m'étais trouvée.

J'avais aussi trouvé un logement, dans lequel je m'installai presque confortablement avec quelques meubles de récupération. Là encore, j'avais eu de la chance. La société s'occupait également d'une agence immobilière, et, en tant qu'employée, j'avais eu priorité sur ce studio dans un immeuble de standing avec piscine, et au loyer très raisonnable.

Un an après mon départ de Paris, je n'avais plus que deux gros problèmes : je n'en avais pas tout à fait fini avec le manque de coke, l'abstinence était douloureuse ; elle restait un combat. Et puis, il y avait la solitude. En dehors du bureau, je ne voyais pratiquement personne. Mon attente du lundi était d'autant plus grande que, le week-end, je m'ennuyais à mourir. Mais j'étais fière aussi, et pour rien au monde, je n'aurais avoué le vide de mes journées.

— C'était super, ce week-end, disais-je chaque fois à mes collègues. Je suis allée à la montagne avec des amis.

Alors que j'étais restée plantée devant la télévision.

Mais, après tout, n'avais-je pas déjà suffisamment voyagé ?

« Je reviens d'un long voyage, pensais-je souvent. Un voyage de cinq ans. Un tour du monde. »

Et c'était un peu vrai : j'avais fait un long voyage. Mais autour de rien.

Petit à petit, les choses se remettaient en place — ou s'y mettaient pour la première fois. L'état de manque commençait à s'atténuer; je sentais qu'il aurait bientôt tout à fait disparu et que j'aurais alors remporté ma première victoire, celle qui déterminerait les autres. En attendant, je retrouvais une sorte d'équilibre, qui aurait été presque satisfaisant s'il n'y avait eu les cauchemars. Je passais toutes mes nuits à grimper l'escalier du studio du passage Lemoine. Toutes les nuits, j'étais agressée, violée, et toutes les nuits Michèle mourait dans mes bras, là-bas, sur le trottoir. Elle était ma sœur, mon enfant, mon calvaire. Toutes les nuits, je redevenais Gilda, et au réveil c'était encore Gilda que je voyais dans la glace. J'en avais presque oublié la petite Nicole, tout aussi déglinguée. L'amnésie revenait. Une amnésie sélective.

Et puis, des bruits, des rumeurs s'étaient mis à courir sur ma vie à Paris. Je m'en aperçus dès que j'essayai de renouer quelques relations anciennes.

— Il paraît que tu étais à Saint-Tropez avec des voyous, me disait l'un.

Et l'autre :

— Qu'est-ce que tu faisais à Paris ? J'ai entendu dire .

De nouveau, je préférais ne plus sortir. C'était trop tôt : je n'étais pas prête à accepter qu'on me tende ce genre de miroir.

Pourtant, de temps à autre, à force d'isolement j'éprouvais le besoin d'avoir quelques nouvelles de Paris, des gens et de la vie d'avant.

Un soir, j'appelai Martine, une copine de la rue Saint-Denis, une fille très belle, intelligente, pleine d'ambitions, et qui répétait toujours qu'elle s'en sortirait et qu'on verrait ce qu'on verrait. Mais là, au bout du fil, elle semblait très déprimée et parlait de suicide.

— Viens chez moi un ou deux jours, lui proposai-je.

Nous prîmes rendez-vous pour le surlendemain, dans un restaurant proche de mon bureau. A l'heure dite, naturellement, pas de Martine. Elle arriva à 13 h 30, alors que je m'apprêtais à partir. Elle était droguée jusqu'aux yeux, en plein trip. Comme je devais retourner travailler, je lui donnai les clefs de mon appartement. En rentrant, le soir, je la trouvai effondrée devant la télé, à demi inconsciente. J'eus un mouvement de recul, fait d'agacement et de révolte ; je ne voulais plus voir ça.

Martine ouvrit un œil et me proposa aussitôt une ligne de coke. Je refusai.

— Une petite avec moi ! fit-elle d'un ton presque suppliant. Tu ne vas pas replonger pour si peu.

— Laisse tomber, répondis-je sèchement. Donne-moi plutôt une cigarette. Il faut que tu comprennes : je ne suis plus Gilda (mes cauchemars ne la regardaient pas), je m'appelle Nicole et je travaille.

— T'es nulle, grommela-t-elle. Tu t'emmerdes dans un bureau et tu n'as plus de fric.

— Et toi ! m'écriai-je avec la soudaine dureté de ceux qui sentent planer la menace. Tu t'es vue ? Tu michetonnes, tu sniffes, tu ne ressembles plus à rien. Je suppose que tu appelles ça t'éclater.

— Parfaitement, je m'éclate !

— Eh bien, moi, je n'ai plus envie de m'éclater de cette façon. J'ai envie de vivre, tu comprends ? J'ai envie que ce soit comme de la musique. Mes trips à moi, c'est John Lee Hooker, Nougaro, Charlie Parker et Mozart. Tu peux comprendre ça ? Même les pétards, j'ai mis un frein. Alors, la coke, pas question.

Elle ne m'écoutait pas. Je sentais tellement qu'elle ne m'écoutait pas. Elle était repartie dans son rêve cotonneux et parlait toute seule.

Elle parla et sniffa toute la nuit. Le lendemain matin, je fus incapable de me lever ; c'était la première fois que je manquais le travail. Il ne fallait pas que cela se reproduise.

Martine reprit le train le soir même. Elle avait avalé des coupe-faim pour se réveiller après avoir ingurgité une grosse quantité de tranquillisants. C'était un engrenage absurde, débilitant.

Elle est sortie de ma vie en même temps que le train s'éloignait ; je ne l'ai jamais revue, ni elle ni personne de ce temps-là.

Je me sentais vaguement coupable, mais j'étais encore trop faible pour pouvoir m'occuper d'elle ; j'étais encore à moi-même une charge bien trop lourde.

Mai 1986

— *I'm sorry, Sir, but I don't speak very well English.*
Je jonglais avec les téléphones, et je ramais, je ramais... Je ramais, mais j'y arrivais.

J'avais pour moi ma ténacité, une certaine capacité à m'adapter, et derrière moi tous mes vaisseaux brûlés qui m'obligeaient à avancer. Et puis, une espèce de gaieté que j'avais conservée.

On m'annonça un jour qu'une secrétaire devait partir. Est-ce que cela m'intéressait de la remplacer ?

Et comment, cela m'intéressait ! Je n'aurais plus à me battre avec les langues étrangères et les touches du standard.

Je n'avais pas pensé aux innombrables lettres que j'aurais à taper. Comme la société ne disposait pas encore de traitement de texte, à chaque faute il fallait tout recommencer. Et des fautes, j'en faisais beaucoup, j'en faisais trop.

Comme il était trop tard pour reculer, je décidai de retourner à l'école. Je pris des cours du soir.

Je faisais également de petits boulots en dehors du bureau. J'avais repris contact avec l'agence Mona Currat, et de temps en temps elle me proposait des défilés ou des photos. Ça n'avait plus grand-chose à voir avec mes rêves de jeune fille, mais je n'avais plus envie de rêver, plus de cette façon. J'ai fait aussi quelques publicités. Je me souviens de l'une d'elles où je faisais « l'ambiance », « le fond ». Au premier plan, Alain Delon, doublé en japonais, buvait un verre de cognac...

Et puis on m'a nommée responsable du service de location de la société — comme ça, d'un seul coup. Et directrice administrative du théâtre que nous gérions. C'était beaucoup de travail, mais ce théâtre me détournait de mon écran noir ; c'était ce qu'il me fallait.

Mes journées étaient si remplies qu'elles ne laissaient guère de place à une vie sentimentale. A vrai dire, je me sentais, à cet égard, un peu comme une convalescente, et puis j'avais d'autres priorités ; Je ne voulais surtout pas me fixer, retomber amoureuse. Je préférais des liens plus légers.

J'eus donc un premier petit ami, puis un autre. Je les aimais bien, mais pas trop. Sans me l'avouer, je crois que je leur assignais une fonction particulière dans mon retour à la vie. Depuis des années, je n'avais plus fait l'amour. Les prostituées ne font pas l'amour. Une passe n'est pas l'amour ; cent passes, c'est cent fois pas l'amour. A la fin, on oublie presque ce que c'est.

C'était d'autant plus vrai dans mon cas que, depuis longtemps, Jean-Michel en était devenu incapable. La drogue l'avait rendu impuissant, et sa vie sexuelle n'était plus qu'un long délire fantasmatique, fantasmagorique même. A la poursuite de sa virilité perdue, il s'était mis à courir les boîtes bi ou sado-masos. Quand je l'ai quitté, il était de plus en plus attiré par les travestis et par les hommes.

En réalité, cela avait toujours été sa tendance profonde ; j'avais fini par le comprendre. Comme moi par mon enfance violée, il était habité, hanté, par cette homosexualité qu'il avait d'abord refoulée, puis combattue, avant d'y céder peut-être, mais trop tard. Si nous nous étions mieux connus nous-mêmes, lui et moi, mieux acceptés, les choses auraient peut-être été différentes entre nous. Je ne le saurai jamais, et ce n'est plus la question.

Mes petits amis étaient là pour me faire oublier des légions de clients de passage et le seul homme que j'avais aimé jusqu'alors.

Deux autres hommes viendraient, qui allaient changer ma vie.

Le premier était bloqué dans l'ascenseur.

Je rentrais chez moi, ce jour-là, et je montais à pied, comme toujours, mes deux étages, quand j'ai été hélée par une voix masculine dont je n'ai pas compris tout de suite la provenance. Elle sortait de la cage de l'ascenseur, qui était subitement tombé en panne. Je suis allée chercher le concierge. Déjà prévenu, il avait appelé un réparateur. On finit par délivrer le captif, et c'est ainsi que je fis connaissance de Dominique. Il habitait au huitième étage, et allait devenir mon premier mari.

Tout de suite nous nous sommes plu, tout de suite j'ai eu confiance en lui. Nous sommes allés passer une journée à Megève, et ce fut une journée merveilleuse, bien plus belle que toutes celles que j'inventais pour mes collègues. Une journée comme je n'en avais pas vécu depuis bien des années. Il y avait la montagne et son air qui enivre toujours un peu. Il y avait le soleil et quelqu'un à qui parler et qui me comprenait, cette fois j'en étais sûre. Le soir, j'ai pleuré d'avoir été si bien, tout simplement bien.

Dominique avait eu une existence un peu chaotique, ce qui n'était pas pour me déplaire ; je trouvais cela rassurant. Je pouvais plus facilement lui raconter mon histoire.

C'est ce que je fis, en pleurant beaucoup — peut-être parce que c'était la première fois que je la racontais vraiment, sans mensonge et d'un bout à l'autre, à quelqu'un qui n'en savait rien, et que cela me permit de mesurer l'ampleur des dégâts. Peut-être simplement parce qu'elle m'était insupportable.

Dominique m'a écoutée, consolée, puis il a seulement dit :

— On va faire avec.

Je n'en demandais pas davantage.

Deux mois après notre rencontre, je pris à mon tour l'ascenseur pour m'installer au huitième étage.

L'ascenseur était-il allé trop vite ? M'étais-je trompée d'étage ? De désir ?

Les choses, avec Dominique, se sont dégradées assez vite. Cette histoire, la mienne, qu'il avait paru si bien accepter d'abord, je m'aperçus bientôt qu'il n'arrivait pas à l'oublier, et surtout qu'il ne parvenait pas à me dissocier d'elle. Alors que je faisais tout pour m'en défaire, c'est lui qui me recollait mon passé à la peau. Il y avait du Pygmalion en Dominique ; il avait décidé de me remodeler à son image, mais, pour cela, il pétrissait sans cesse la pâte ancienne. Ce n'était pas cette thérapie ni cet amour-là dont j'avais besoin.

Mais de quoi avais-je besoin, au fait ? Je venais tout juste de le découvrir, de le comprendre, dans le premier élan de la confiance que j'avais éprouvée : je voulais — c'était si simple et c'était si compliqué ! — je voulais fonder un foyer, avoir une famille. Fonder un foyer, c'est faire un enfant. C'était cela : je voulais un enfant.

Mais Dominique n'écoutait pas, Dominique parlait tout seul. Il ne voyait que la femme ancienne, qu'il n'avait pas connue, pas celle qu'il avait sous les yeux, qui vivait avec lui.

Moi aussi, je voulais parler, je voulais qu'on m'écoute. Quand on n'a pas d'amour, on va voir les putes; quand on n'a pas d'écoute, on va voir les psys. C'est ce que j'ai fait, malgré l'expérience de Paris.

J'ai commencé une analyse qui devait durer six ans. Cet homme-là, au moins, m'écoutait; il était là pour ça. Six ans de parole. Six ans pour tout lui dire, pour tout *me* dire.

Je lui dois ceci que, pendant tout ce temps, il fut à la fois mon garde-fou et ma soupape de sûreté. Le miroir devant lequel je me dépouillais d'un visage mort.

Février 1987

Je suis enceinte.
Enceinte !
Cette envie qu'avait mon ventre d'être plein, d'être rond, voilà qu'elle est satisfaite. Je ne me suis jamais sentie aussi légère que depuis que je sais que je vais devenir lourde. Le monde entier est un ballon rond. Il monte doucement dans le ciel clair.

— Il y a un certain Daniel qui te demande au téléphone.
Daniel... Je ne connais qu'un seul Daniel, mon ancien videur de la rue Saint-Denis. Cela ne peut pas être lui, pourquoi m'appellerait-il ?
C'est lui. C'est bien sa voix.
— J'ai une bonne nouvelle pour toi, p'tit lapin. Jean-Michel est mort.

Est-ce que c'est une bonne nouvelle ? Est-ce que c'est même une nouvelle ? Jean-Michel était mort en moi le jour où j'avais quitté Paris. Après cela, il n'avait plus été qu'une menace, et puis, quand cette menace s'était estompée, plus rien.
Plus rien, Gilda ?
Il avait eu quarante ans trois jours auparavant,

m'a rappelé Daniel. C'est une overdose qui l'a tué, naturellement. Trois jours de fête pour un anniversaire. Trois jours d'alcool, de coke et de je ne sais quoi d'autre. Trois jours de suicide, et puis quelque chose a lâché. Son cœur, si on peut dire.

C'est son fils qui l'a trouvé. Puis, on l'a conduit à la morgue, et on l'a incinéré. Personne n'est venu le voir, ne l'a réclamé. Il n'y avait personne à sa dernière fête, celle où il devait partir en fumée... Aucun des beaux voyous qu'il aimait tant, pas une fille. Ni sa mère ni son fils. Personne : il était mort.

Une dernière fois, j'ai voulu me promener avec Jean-Michel. Je suis allée marcher au bord du lac. Il avait aimé ce lac, il ne le verrait plus. A quoi pensais-je ? A rien ou presque. C'était fini, je n'aurais plus jamais peur. Jean-Michel, aujourd'hui, fait partie de mes morts.

A partir de ce jour, ce fut comme si la vie poussait plus joyeusement en moi. Je devenais un très joli éléphant. Je prenais du poids, beaucoup trop. Mon gynécologue me menaçait d'un régime strict. Je disais : « Oui, oui... », et je m'arrondissais.

Je me suis arrondie jusqu'au 19 octobre 1987, et puis Judith est arrivée.

Octobre 1987

Elle naissait, je renaissais.

Quand Judith est sortie de mon ventre, j'ai ressenti une secousse extraordinaire, dans laquelle j'ai reconnu aussitôt le signal que j'attendais. Nicole seule ne pouvait tuer Gilda ; Judith lui donna le coup de grâce.

Je découvris l'amour pur.

Le père de Judith et moi nous sommes mariés deux semaines avant sa naissance. C'était une erreur. J'avais de moins en moins besoin de lui, et lui, maintenant que j'étais sa femme, me voulait toujours plus conforme à l'idée qu'il se faisait d'une épouse et d'une mère.

Or, l'existence même de Judith me galvanisait. Je m'occupais beaucoup d'elle, mais, d'un autre côté, mon travail était de plus en plus absorbant. Autant que la naissance d'un premier enfant, il était le signe et le garant de mon retour à la vie. Outre la gestion du théâtre, on venait de me confier celle d'un portefeuille immobilier, et il avait fallu que je suive des cours de droit de la propriété. Dominique, lui, travaillait dans les assurances, mais, le soir, il aurait voulu que je sois là, alors que j'étais souvent obligée de me rendre au théâtre et aux cours du soir. Très vite, son discours, de pédagogique qu'il était au début, s'était fait culpabilisateur, et ceci juste au moment où je mettais enfin la tête hors de l'eau.

Nous avons divorcé trois ans après la naissance de Judith. Nous nous retrouvions seules, elle et moi. J'ai dû prendre un appartement, et ce fut une époque difficile — sans compter le sentiment harassant de devoir recommencer une nouvelle fois une nouvelle vie.

Je m'étais crue trop vite arrivée au port.

1991

Le temps passait, néanmoins. Judith grandissait et je grandissais avec elle. Je me sentais plus forte. La vie était ce qu'elle était, serait ce qu'elle serait, mais j'étais libre. Je n'avais plus ni maître ni protecteur. Une femme normale, ou presque, aux prises avec des difficultés normales ou presque. Jeune encore — trente-trois ans — et sachant que quelque chose viendrait lorsque ce serait l'heure.

Elle est venue. 1991 fut une année noire et blanche.

Tout avait commencé par une opération ratée.

A quinze ans, on m'envoya dans un camp de ski, pendant les vacances, et j'eus un accident.

Nous venions de passer sous le télésiège quand j'ai senti le sol se dérober sous moi. Je venais de faire une faute de carre. Incapable de me redresser, j'ai glissé, glissé, et je me suis retrouvée quelques dizaines de mètres plus bas... la jambe droite curieusement en forme d'équerre. Sur le moment, je n'ai pas eu très mal ; je regardais ma jambe avec une espèce d'incrédulité. Je ne pouvais plus la bouger du tout. Puis les secours sont arrivés, et j'ai fini la descente sur un brancard.

A l'hôpital, on m'a enlevé le ménisque interne. Pendant des années, j'ai marché normalement, sans aucune gêne, mais, en 1991, j'ai commencé à ressentir une petite douleur au genou et je suis allée consulter un chirurgien, spécialisé dans l'orthopédie.

Ce fut le début d'un nouveau calvaire. Le chirurgien a raté l'opération, et j'ai dû, depuis lors, en subir sept autres pour essayer de réparer son erreur. J'en ai gardé des séquelles définitives à la jambe, ainsi que des douleurs permanentes. Si j'avais persisté dans l'idée d'être mannequin — ce qui, par chance, n'était pas le cas —, les choses en seraient restées là. Mais ce fut comme un rappel : on ne peut pas miser toute une vie sur son corps.

Tant que j'y étais, j'ai profité d'une anesthésie pour me faire opérer une narine qui avait été brûlée par la coke. Mais je n'en avais pas fini avec les hôpitaux.

Ma mère était malade. Un cancer à l'utérus qui s'était généralisé. Dès le début de l'année, nous savions qu'elle n'en verrait pas la fin. Elle le savait aussi.

Toutes ces dernières années nous avaient beaucoup rapprochées, elle et moi. Mon travail, mon mariage, la naissance d'une petite fille, mon divorce même, ma mère comprenait cette vie-là, puisque c'était celle de tout le monde. Et puis, sa maladie l'avait tranformée, et comme transfigurée. Elle se savait condamnée, et faisait preuve d'un courage étonnant. Jamais une plainte, jamais de découragement, alors même que les premiers stigmates de la mort se lisaient sur son visage. Au contraire, une lucidité qu'elle n'avait jamais eue jusque-là. La fin approchant, elle découvrait enfin ce qui se passait en elle et autour d'elle. Elle avait tout à fait cessé de se raconter des histoires parce qu'il lui en arrivait enfin une. La maladie la remplissait tout entière. Son histoire, désormais, c'était ce qui se passait dans son corps. Qui songerait encore à s'inventer d'autres vies, quand il regarde la mort venir?

Dans le même temps, elle découvrait les autres, ceux qui étaient vivants, ceux qui allaient le rester. Aussi longtemps qu'elle en a eu la force, elle nous a beaucoup aidées, Judith et moi.

Elle est morte en novembre, après trois jours d'agonie.

Ce genre de cancer était soigné à la maternité de l'hôpital. Dans les chambres voisines, des femmes donnaient la vie, et ma mère mourait, n'en finissait pas de mourir.

Mes frères et moi, nous nous relayions à son chevet, et pourtant j'ai le sentiment de ne pas l'avoir quittée un instant. Pendant ces trois jours, j'ai lu une bible qui m'était tombée sous la main. Le Nouveau Testament. C'était la première fois, je crois bien. Ma mère mourait, et sous mes yeux parfois brouillés de larmes, dansaient ces lignes de la Première Épître aux Corinthiens : « Maintenant, donc, ces trois choses demeurent, la foi, l'espérance, l'amour ; mais la plus grande de ces choses, c'est l'amour. »

L'amour est le plus grand...

J'aimais ma mère, je l'aimais de tout mon amour de petite fille retrouvé ; je l'aimais de toute ma terreur de la mort.

Pendant ces trois jours, moi qui n'avais jamais eu d'éducation religieuse et qui, de Dieu, n'avais guère que la représentation enfantine d'un grand monsieur barbu, une espèce de clone du Père Noël, j'ai rencontré quelque chose comme la foi, et cette foi était une force. La même que j'avais éprouvée en accouchant de ma fille et que je retrouvais au chevet de ma mère. La foi, la sérénité du mourant aident-elles le deuil du vivant ? Son deuil et son courage. Des forces profondes, obscures et décisives, s'échangeraient-elles alors entre eux ? Eros et Thanatos, les deux forces de la vie, se jouent de nos désastres et s'en nourrissent.

Je ne sais toujours pas qui est Dieu, mais cette foi, je l'ai gardée, cette force qui m'est venue sur l'aile de la mort m'est restée. Eros et Thanatos se sont croisés dans un couloir d'hôpital et fondus dans les traits d'un seul homme.

Il avait un nom impossible, un nom impensable. Un nom qui était à lui seul un signe du destin et qui décrétait la fin de l'errance. Il s'appelait *Dominique Jean-Michel*. Dominique comme le père de Judith, Jean-Michel comme... l'autre. Une chose comme ça ne se peut pas, et pourtant, si. Il fallait qu'un homme vînt qui porterait à lui seul le nom des deux précédents — non pour les réunir, non pour les prolonger, mais pour les dépasser, les annuler, comme une main rafle les dés sur la table et relance la partie.

Il s'appelait Dominique Jean-Michel et nous nous aimions. Il fut près de moi tout le temps que ma mère mourait.

Nous nous étions rencontrés quelques mois auparavant, comme se rencontrent les gens : par hasard.

Je déjeunai ce jour-là avec un de mes collègues dans un restaurant « plat du jour » du centre ville, plein à craquer.

Le plat du jour, c'était un steak tartare, et je l'attendais déjà avec un bel appétit. C'est drôle qu'on se souvienne de ces choses.

Soudain, mon collègue avisa, à une table voisine, un ami à lui qui était plongé dans la lecture du *Monde*.

— Dominique ! s'écria-t-il. Ne reste pas tout seul. Viens avec nous.

C'était peu de temps après une de mes opérations du genou. Mes béquilles étaient dressées contre la table comme deux mâts d'infortune ; elles ne m'avaient jamais paru faire partie des attributs de la séduction. Dès qu'il fut assis, Dominique me demanda comment je m'étais mise dans cet état. Je lui racontai. Il m'écoutait avec attention. Ses yeux ne quittaient pas les miens. Il avait des yeux de chat siamois, et j'ai toujours aimé les chats siamois.

Après le déjeuner, il m'a raccompagnée jusqu'à mon bureau. Ce n'était qu'à cent mètres, mais cent mètres avec des béquilles et sur une seule jambe, c'est long.

L'après-midi même, j'ai cuisiné le collègue qui nous avait présentés pour en savoir un peu plus. Dominique était-il marié ? Que faisait-il ? Non, il n'était pas marié. Oui, il avait une amie, mais non, ça n'allait pas très bien. Il était architecte et voyageait beaucoup pour son travail, en Suisse, en France, en Algérie. Plus tard, j'apprendrais qu'il avait fait le tour du monde avec un sac à dos — un de ces voyages de formation, d'initiation, comme les jeunes hommes en faisaient jadis.

Une semaine après, mon collègue me fit savoir que Dominique m'avait trouvée « canon » (moi, cassée comme j'étais, j'avais plutôt l'impression d'être celle qui a reçu l'obus) et que j'avais, paraît-il, un très beau sourire. J'ai dû laisser voir que je n'étais pas indifférente au compliment, puisque

Dominique m'appela presque aussitôt pour m'inviter à dîner.

Cette fois, c'était un restaurant chinois. J'ai pris du canard laqué, et je suis tombée amoureuse

Pour Noël, cette année-là, j'ai eu envie de nous offrir un voyage, à Judith et moi. Un voyage entre filles, rien que nous. Judith avait quatre ans ; il était temps qu'elle voie le monde...
La vérité est qu'après la mort de ma mère, j'avais besoin de changer d'air, d'aller ailleurs. Je marchais avec peine, mais j'avais envie de soleil

Il faut croire que l'île Maurice ne m'avait pas laissé de trop mauvais souvenirs, puisque c'est là que j'ai emmené ma fille. A vrai dire, le hasard s'en est un peu mêlé, mais qu'est-ce que le hasard ?
Quelques mois auparavant, j'avais rencontré à l'hôpital un infirmier mauricien qui m'avait raconté qu'après avoir travaillé quinze ans en Suisse, il allait enfin retourner dans son pays. Pendant toutes ces années, il avait suffisamment économisé pour s'acheter des bungalows à Pereybere. Il m'avait proposé de m'en louer un pour un mois à un prix dérisoire. « Tu me feras de la pub... », avait-il dit, comme pour s'excuser de sa gentillesse.
Onze heures d'avion, c'est très long pour une petite fille : Judith a été malade pendant tout le trajet, et je me reprochais déjà de l'avoir embarquée

dans cette aventure. Mais à l'arrivée, le soleil était bien au rendez-vous.

J'ai eu du mal à reconnaître l'aéroport. La douane, notamment, s'était modernisée, informatisée, et les contrôles, à présent, étaient des plus sérieux. Un grand panneau la surmontait : « *Drogue = Peine de mort.* » J'eus un frisson rétroactif.

Mon infirmier ne nous avait pas menti. Son bungalow était très agréable, et nous nous sommes tout de suite mêlées à une bande de jeunes Français et Suisses, des garçons et des filles formidables. Pendant un mois, nous avons parcouru l'île en bus, du nord au sud, de l'est à l'ouest. Comme je n'avais pas beaucoup d'argent, nous mangions du riz et encore du riz — et puis, le 31 décembre, on a réveillonné sur la plage, en dévorant du poisson grillé et en jouant de la guitare. Judith était aux anges ; moi aussi. L'océan Indien avait une magnifique couleur turquoise que je n'avais pas remarquée à mon premier séjour, mais c'est peut-être parce que j'avais réappris à voir depuis lors.

Plus de casinos, cette fois-ci. Plus de fumeries, plus de fausses fêtes. Une mer d'un bleu incroyable, impossible, et le sourire de ma petite fille.

C'était peut-être pour cela que j'étais revenue à Maurice : pour m'assurer que mon regard avait changé.

1992

C'est à ce moment-là aussi que la politique est entrée dans ma vie, ou moi dans la sienne. Par la petite porte, d'abord, et que j'avais poussée presque sans m'en apercevoir.

J'avais changé de travail, et m'occupais à présent de la gestion du parc immobilier d'un syndicat, et je fus aussi élue juge prud'homme. Parallèlement, je suivais des cours de droit du travail et de législation immobilière. En fait, c'était tout le fonctionnement de la justice qui m'intéressait.

Idéalement, la politique est l'instrument de la justice (de la justice au sens le plus large, non pas du judiciaire), et j'ai toujours tendance à prendre les choses du côté idéal.

La politique, jusqu'alors, avait été tout à fait absente de ma vie, au moins autant que la religion, et pour les mêmes raisons : mes parents n'en parlaient jamais quand j'étais enfant. Et la suite de ma vie n'avait pas été de nature à m'y amener : le seul mode d'inscription dans la cité que connaissent les voyous, les dealers, les proxénètes et le petit monde qu'ils contrôlent est le nécessaire rapport qu'ils entretiennent avec la police. Il m'avait donc fallu faire un long détour — celui qui passait, précisément, par le travail — pour arriver enfin au seuil du politique.

J'étais fort ignorante, on s'en doute, et il m'a pourtant fallu choisir un camp tout de suite. Sans camp, pas de passion, et sans passion, je ne sais rien faire.
J'ai donc commencé comme un petit nain de jardin : au parterre. J'allais dans les meetings, je regardais, j'écoutais. Il faut que je dise que je suis très bon public : un beau discours me met les larmes aux yeux, et plus j'avançais, plus je sentais grandir mon amour pour la chose publique. Je découvris que j'étais de gauche. D'une gauche modérée. Extrême dans les choses de la vie, aujourd'hui comme hier, je déteste l'extrémisme en politique. C'est une contradiction dont je m'accommode fort bien.
Je rejoignis les rangs du Parti socialiste suisse.
Comme tout le monde, j'ai d'abord été une militante de base. J'ai collé des affiches et distribué des tracts. Le reste s'est fait progressivement (assez vite, quand j'y pense), à mesure que la passion m'envahissait et que je prenais mieux conscience de ce qui m'animait.
Quand je m'étais arrachée à la drogue et au trottoir, et à partir du moment où j'ai pu de nouveau penser par moi-même, je m'étais sentie comme un électron libre dans un monde sans repères. Libre, mais libre surtout de me faire écraser par le premier venu. Libre, mais comme un grain de poussière, sans connaissance des causes, sans prise sur les effets.
A présent, j'avais trouvé mes marques et mes moyens. J'avais un travail et un enfant, j'aimais et j'étais aimée. J'étais heureuse, je devais être responsable. Ces forces neuves, je voulais les offrir à

tous ceux qui étaient exposés aux périls qui avaient failli me détruire, ou qui y avaient déjà succombé. Toute cause qui me semblerait juste deviendrait aussitôt la mienne, mais j'aurais deux ennemis privilégiés : les exploitants d'êtres humains et les voleurs d'enfance.

Sans doute, je ne me suis pas dit tout cela en un jour, sous l'effet de je ne sais quelle révélation. Cela a germé et mûri à mesure que l'éveil à la conscience politique me faisait comprendre que ce qui m'était arrivé n'était pas seulement de l'ordre du destin, de la fatalité, mais qu'il y avait derrière un système, une société, qui permettaient qu'il y eût des enfants violés et des filles vendues sur le marché de la chair.
De la rue Saint-Denis à la femme que je suis maintenant, ce n'était pas que la route fût courte, ni facile, mais je ne me sentais plus le droit de ne pas la faire jusqu'au bout.

1993

Mais dès les premiers pas sur cette route nouvelle, j'ai failli trébucher.

Tout semblait simple et clair, et pour la première fois, peut-être, je me sentais non seulement heureuse, mais sereine, apaisée. Nous habitions une belle maison à la campagne, à dix kilomètres de Genève. Voir grandir Judith, jolie, vive, intelligente, était un plaisir de chaque jour, auquel nous ne manquions pas d'associer Plume et Baghera, nos deux chats, ainsi que Biscotte, le cochon d'Inde. Il nous semblait que nous ne serions jamais assez nombreux pour partager toute cette joie, et c'est ainsi que Lisa est née, le 11 février 1993.

De nouveau, j'ai connu ce profond bonheur de donner la vie ; de nouveau, j'ai senti monter en moi cette force et cette confiance.

Pas pour longtemps.

Notre bébé m'inquiétait. C'était une petite poupée calme, bien trop calme. Des mois durant, elle s'est tenue si sage dans son berceau qu'il nous a bien fallu comprendre qu'elle ne voulait pas venir vers nous, ou ne le pouvait pas.

Nous avons consulté un premier spécialiste. Puis un autre, et plusieurs. C'est toujours ce qu'on fait quand on ne sait pas, quand on s'affole. Neurologues, généticiens, psychiatres, nous avons traversé une jungle de spécialistes. Et nous n'avions ni machette pour forcer le passage ni boussole pour nous orienter. Nous étions perdus dans un pays étranger dont nous comprenions pas la langue, et les « étrangers » parlaient entre eux, nous laissant dans le brouillard :

— Ça va être difficile...

— Il faut regarder les choses en face....

Je ne comprenais rien, je pleurais beaucoup. Tout ce que je voyais, c'était que Lisa ne voulait pas rentrer dans notre monde. Qu'elle ne voulait pas de moi.

Et puis, petit à petit, tout doucement, elle s'est mise à faire des pas dans notre direction. De tout petits pas, d'abord, et j'avais très peur, tellement peur qu'elle n'y arrive pas, qu'elle soit trop faible pour nous rejoindre, maintenant qu'elle le désirait. J'étais prête à tout endurer, à souffrir et à me battre, mais je ne pouvais pas supporter que ma petite fille doive lutter si fort et de pouvoir si peu l'aider. Plus rien d'autre au monde n'avait d'importance. Je ne pensais plus à la politique : le vrai combat était ici.

Les spécialistes n'ont rien trouvé, et Dominique a dit un jour :

— Ça suffit comme ça ; ils nous emmerdent tous.

Et il a ajouté :

— Tout va bien. Tout va très bien.

Il avait raison. Tout va bien, maintenant.

Mais j'ai été si frustrée, à l'époque, de ne pouvoir comprendre tous ces discours qui recouvraient le silence de ma fille, quand ils ne prétendaient pas parler à sa place, j'enrageais si fort de ne pouvoir décrypter les sentences de ces juges, que, pour apprendre leur langue, je me suis inscrite à la faculté de psychologie et des sciences de l'éducation, dès que, pour Lisa, les choses ont commencé à aller mieux.

Pour corser le tout, et parce que, depuis la mort de ma mère, je cherchais aussi un « traducteur » pour comprendre la Bible, je m'inscrivis à un cours à l'Université de théologie protestante intitulé « Psychologie, psychanalyse, christianisme : éléments pour un dialogue », avec un séminaire « Libido, agressivité, agapé » en option libre...

Tant de choses, dans la vie, me paraissaient inconcevables, que je voulais me doter du maximum d'instruments conceptuels.

Le 31 août 1994, j'ai dû arrêter de travailler au syndicat : ma jambe opérée me faisait terriblement souffrir, et je devais être encore hospitalisée.

1995

Au début de l'année, je suis devenue juge assesseur. En Suisse, juges de carrière et juges assesseurs sont élus au suffrage direct ou désignés par leur parti politique, ce qui fut mon cas.

Le rôle des assesseurs est d'assister le président du tribunal. Ils n'interviennent pas dans les débats, mais discutent la décision finale avec le président et contresignent les jugements. Ils sont au nombre de deux, représentant chacun l'une des parties en présence.

Je représentais les locataires dans le tribunal qui tranchait les conflits immobiliers. L'autre assesseur représentait les propriétaires. Nous étions assis de part et d'autre du président, à qui nous adressions nos remarques et nos questions.

Mon président à moi était une Présidente, et nous nous sommes tout de suite entendues, reconnues comme deux amies, bientôt comme deux sœurs. Blonde, dynamique, très intelligente, Valérie était du même âge que moi et, comme moi, elle avait deux petites filles. Son professionnalisme, son autorité m'impressionnaient beaucoup, mais elle m'avait immédiatement demandé de ne pas lui dire « Madame la Présidente », ajoutant en riant :

— Un jour, un témoin était tellement intimidé qu'il m'a appelée «Votre Majesté». Je ne voudrais pas que cela vous arrive...

Dès la fin de la journée, nous avions décidé de nous tutoyer.

En fait, cette nouvelle charge ne représentait pas beaucoup d'heures de travail, ce qui me permettait de suivre, dans le même temps, les cours à la faculté et d'entreprendre une rééducation sérieuse de ma jambe. Mon plus grand cauchemar, à l'époque, était de monter et descendre les marches de l'honorable université de Genève.

L'étape suivante fut ma candidature à l'élection municipale de ma commune, dont le premier épisode, l'élection du conseil municipal, devait se dérouler le 2 avril, et le second, celle du maire (car, à la différence de ce qui se passe en France, le maire, en Suisse, est élu au suffrage universel direct) au mois de juin.

C'était ma toute première campagne, et je n'avais qu'une idée très vague de la façon dont ces choses se passaient. Nous étions six sur notre liste — la liste socialiste — dont deux femmes, Elisabeth et moi. Nous nous entendions toutes les deux à merveille et nous avons fait toute la campagne ensemble. Lisa venait d'avoir deux ans, Elisabeth avait aussi un bébé — un garçon — et nous distribuions nos tracts en promenant nos enfants dans leurs poussettes : ils adoraient ça.

Un soir que nous collions des timbres sur des enveloppes, dans la cuisine d'Elisabeth, notre amie Françoise est venue nous aider.

— Comment ça va ? me demanda-t-elle

— Très bien. Le courant est vraiment passé entre Elisabeth et moi

— Tant mieux, parce que vous vous verrez souvent en commission.

— Oh! c'est déjà le cas, avons-nous répondu en chœur. Nous faisons toutes nos courses ensemble.

Un éclat de rire collectif a suivi : Françoise voulait parler des commissions municipales, naturellement...

J'aimais cette fraîcheur et le fait que nous ne nous prenions pas au sérieux.

Ma commune est une petite ville, aux environs de Genève, d'un peu plus de six mille habitants, plutôt résidentielle et traditionnellement tenue par la droite. J'avais axé ma campagne sur le slogan : « Mon quotidien est identique au vôtre. Mes joies et mes soucis sont les vôtres. »

Je fus élue. Je me retrouvais même en tête des élus socialistes. Je suppose que l'« effet femme » avait joué. J'étais conseillère municipale et, pour moi, c'était déjà une belle victoire, mais le plus dur restait à faire.

Le plus dur, c'était l'élection du maire et de ses deux adjoints, qui constituent à eux trois le conseil administratif. Le Parti socialiste décida de proposer ma candidature. Le Parti, mais pas tous les camarades de la section locale, et c'est là que les choses se sont compliquées. Certains faisaient valoir mon manque d'expérience et, sur ce point, je ne pouvais leur donner tort : la bonne volonté ne fait pas tout.

Néanmoins, le Parti m'avait désignée : c'est donc qu'il me faisait confiance, et je me suis lancée dans la bataille.

Si l'« effet femme » avait joué en ma faveur tant qu'il ne s'agissait que d'élire une conseillère municipale, il n'en allait plus de même dès lors que je visais le fauteuil du maire.

Où que j'aille, dans les rues, sur les marchés, dans les salles de réunion, lorsque je distribuais mes tracts et mes roses, je devais affronter la même ironie, les mêmes insinuations :

— C'est gentil de faire la campagne électorale de votre mari, me disait-on finement.

Ou bien, l'on feignait de s'inquiéter du sort de mes enfants. Ne serais-je pas amenée à les négliger ? J'avais déjà entendu cela quelque part. Et le pire est que ces remarques, simplement désagréables ou carrément fielleuses, mais parfaitement réactionnaires, étaient presque toujours le fait de femmes. C'était cela, je crois, le plus décourageant.

Cela, et la pluie. Comme par hasard, chaque fois que je devais me rendre sur un marché, il pleuvait à verse. L'espace politique se réduisait alors à ce que pouvait abriter le grand parapluie que brandissait Elisabeth, qui m'accompagnait dans toutes mes expéditions.

Malgré tout, la campagne s'est assez bien déroulée. « *Une femme jeune. Des idées neuves à la mairie* », proclamaient fièrement mes affiches. C'était tellement étrange de voir ainsi ma tête sur tous les murs ! Je ne pouvais pas faire cinquante mètres sans me tomber dessus. Je pensais à d'autres rues, où ce même visage s'était longtemps dissimulé derrière une voilette, et je me disais : « S'ils savaient ! » J'en avais de terribles angoisses. Qu'auraient-ils dit, s'ils avaient su ?

Le grand jour arriva, c'était le 7 juin. Au terme du dépouillement, je me trouvais en tête avec 28 % des voix (414, sur 1 442 suffrages exprimés). C'était un succès, puisque jamais, jusqu'alors, un candidat socialiste n'avait été en mesure de remporter la mairie. Mais ce n'était pas suffisant : la barre légale de 33 % n'était pas atteinte. Le maire sortant et un de ses adjoints furent élus. Je ne pouvais plus espérer qu'un fauteuil de deuxième adjoint, mais pour cela, un deuxième tour serait nécessaire.

Il me fut fatal. L'alliance des partis de droite joua à plein. De plus, une liste hors parti présenta un candidat soutenu par certains socialistes, qui allait m'empêcher de faire le plein des voix de gauche, et même diviser mes chances par deux. En tête du ballottage, je me retrouvais troisième au tour décisif. Le candidat de droite fut élu.

J'étais tout de même conseillère municipale, et j'avais la certitude de m'être bien battue. Micheline, la présidente du Parti, me le répéta plusieurs fois au téléphone. Je me le répétais aussi.

N'empêche : c'était dur. Moins l'échec politique lui-même, en vérité (il était d'ailleurs relatif), que le sentiment tout à fait irraisonné de rejet qu'il provoqua en moi. Je veux dire que, moi qui m'étais lancée dans la politique par amour — pour en donner et pour en recevoir —, je me suis sentie à ce moment-là rejetée par ceux à qui je m'adressais, électeurs et camarades du Parti, et qui ne m'avaient pas fait confiance. C'était très exagéré, naturellement, mais je suis ainsi faite que tout m'atteint exagérément.

Bref, je n'avais plus qu'une envie : partir pour l'Australie avec toute ma famille et finir ma vie au fond d'une ferme, à faire du tricot avec la laine de mes moutons.

Si ce n'avait été la peur de décevoir Micheline,

qui m'entourait d'une amitié vigilante et me remontait le moral à grands coups de pied dans les fesses, à coups de téléphone et à coups de gentillesse, j'aurais peut-être tout laissé tomber à ce moment-là.

Joies et peines... 1995 fut à nouveau une année contrastée.

Le 28 juillet — les photos l'attestent — l'été flambait de toute sa gloire, le ciel était d'un bleu idéal, absolu, et ma robe du plus léger rose. Je portais un chignon, ce jour-là, et une voiture décapotable, sur la banquette arrière de laquelle s'agitaient mes deux filles, m'emmenait vers la mairie.

Judith et Lisa étaient mes demoiselles d'honneur, et Lisa allait marier ses parents.

Ce fut un vrai mariage, un beau mariage, avec des fleurs et des amis, avec des rires, avec des larmes. Sur la porte de la mairie, on pouvait encore voir une affiche de la récente campagne : ma photo, avec ces mots : « *Une femme à la mairie.* » Eh bien, j'y étais ! Une main malicieuse avait collé à côté de l'affiche une photo de Dominique, qui est un fou de plongée sous-marine, s'apprêtant à plonger, et inscrit cette légende : « *Un homme à la mer.* »

Il n'y eut qu'un voile sur cette journée lumineuse, mais c'était un grand voile noir : mes parents n'étaient pas là pour partager mon bonheur. Après ma mère, je venais de perdre mon père. C'était tout récent, trois semaines plus tôt, et je vivais un deuil étrange, suspendu. Il y avait d'un côté mon mariage — la vie — et de l'autre côté mon père mort. J'ai réellement commencé mon deuil le 29 juillet. C'était comme si je l'avais mis entre parenthèses jusqu'au jour de la cérémonie.

Les circonstances de cette mort m'avaient beaucoup troublée.

Mes parents avaient un bout de terrain dans le Gard, à Fons-sur-Lussan, près d'Uzès. Nous y passions toujours une partie de l'été, lorsque j'étais adolescente ; c'était mon paradis à moi.

Quand maman s'est vue atteinte de son cancer, elle a entrepris de mettre de l'ordre en elle, certes, mais aussi autour d'elle. Elle a commencé par donner à une voisine le chat Pacha, qui était resté chez elle depuis mon retour à Genève. Et puis, elle avait décidé de vendre la maison de Fons-sur-Lussan.

J'ai protesté, supplié, arguant que c'était toute mon enfance, toute mon adolescence qu'elle bradait du même coup : elle était restée inflexible. Elle avait pour cela une raison péremptoire :

— J'ai trop peur que ton père se tue en allant là-bas en voiture.

Ça me semblait absurde, mais je n'ai jamais pu la faire démordre de cette idée, et la propriété fut vendue.

Je ne m'en étais pas consolée, il faut croire, puisque dès que j'ai eu trois sous, en janvier 1995, j'ai acheté le terrain et la maison attenants au paradis perdu.

Sept mois plus tard, mon père se tuait sur la route de Fons-sur-Lussan.

Et puis, il y eut ce soir d'octobre 1995 où, le cœur battant, je prêtai solennellement serment devant le Grand Conseil de Genève.

J'étais députée. Moi! Tu as vu ça, Gilda?

Les dernières élections législatives avaient eu lieu en 1993 et, dans le canton de Genève, elles avaient été catastrophiques pour le Parti socialiste. De vingt-cinq sièges (sur cent que compte le Grand Conseil), nous étions passés à quinze. Le scrutin suisse est un scrutin de liste; j'étais arrivée dix-septième sur quarante-trois, ce qui était déjà un beau succès, puisque à l'époque personne ou presque ne me connaissait. Mais surtout, ce résultat me permettait de faire partie de ce qu'on appelle les « viennent ensuite », qui sont, en quelque sorte, des députés en réserve, potentiels, qui le deviendront effectivement si, pour une raison quelconque (décès, maladie, démission, etc.), une place vient à se libérer dans leur groupe.

C'est ce qui se produisit, et ce qui explique que je sois ainsi entrée en fonction au Parlement genevois en cours de législature. Un monde nouveau s'ouvrait à moi.

La salle du Grand Conseil de Genève est tout entière jaune et rouge, aux couleurs de la ville. Il est peut-être temps que je dise que j'aime Genève. Genève, « la plus petite des grandes capitales ». J'ai haï et aimé Paris, mais Genève... Je ne suis pas loin d'affirmer, comme Talleyrand au Congrès de Vienne : « Il y a cinq parties du monde : l'Europe, l'Asie, l'Amérique, l'Afrique... et Genève. »

La devise de Genève est « *Post tenebras lux* » — et c'est aussi la mienne.

Il faut bien convenir que la salle du Grand Conseil est assez inconfortable ou, plutôt, peu fonctionnelle : les places sont étroites, vos documents débordent sur la table du voisin et chaque fois qu'on veut quitter son siège, on doit déranger les collègues. La buvette est à peu près aussi accueillante qu'une salle d'attente de gare, mais il y règne une ambiance très amicale, et chacun sait que la république se fait à la buvette.

Je me sentais très bien dans ma peau de députée. Le jour où j'ai mis les pieds au Parlement, j'ai eu le sentiment d'être chez moi. D'ailleurs, tout le monde y est chez soi, puisque les séances sont publiques : une galerie est réservée à la presse et une autre aux visiteurs qui viennent assister aux séances « à la carte », en fonction de l'ordre du jour qui leur est communiqué par la *Feuille d'avis officielle.*

Les députés représentent le peuple : ils offrent donc un large éventail d'âge et sociologique. Les femmes y sont beaucoup plus nombreuses qu'en France : 60 % chez les socialistes.

Mais cette diversité cache mal un strict cloisonnement politique. Malgré les sympathies personnelles qui peuvent s'établir, on ne se mélange guère entre partis : les socialistes dînent avec les socialistes, les libéraux avec les libéraux...

Le Parlement est élu pour une période de quatre ans. Il tient dix sessions ordinaires par an, plus quelques sessions extraordinaires pour venir à bout des monstrueux ordres du jour, qui peuvent comporter jusqu'à cent vingt points.

C'est surtout dans les commissions parlementaires que nous travaillons sur les dossiers. Les débats en séance plénière ne font guère que confirmer ces travaux. Les horaires permettent aux députés d'exercer une activité professionnelle, mais ne sont pas du tout adaptés à ceux d'une mère de famille. Il ne faut pas s'étonner qu'elles soient si peu nombreuses à faire de la politique, alors qu'un homme sur deux est une femme, bien qu'on ait souvent tendance à l'oublier.

Les séances plénières se terminent souvent tard le soir. On observe généralement une pause d'une heure et demie pour aller manger, c'est-à-dire pour parler la bouche pleine de ce qui nous agite ce jour-là.

Ce qui m'agite, moi, particulièrement, c'est tout ce qui touche à l'exploitation des êtres humains, au statut social de la femme, au sort fait aux enfants. On ne parle bien que de ce qu'on connaît, on ne se bat bien que pour les causes qui vous touchent dans votre chair ou dans vos intérêts les plus directs. Et c'était pour ça que j'étais là. Evidemment, personne au Grand Conseil, ni ailleurs, ne pouvait imaginer à quel point je parlais en connaissance de cause, mais c'était sans importance à l'époque.

Je ne voulais pas perdre de temps, et ma première intervention indiquait clairement le sens de mon action, dévoilait mes batteries.

C'est une chose terrible qu'une première intervention en séance plénière du Grand Conseil. Jamais de ma vie, je n'avais ressenti un tel trac. La seule chose à faire était de foncer tête baissée et d'aller au but sans regarder à gauche ni à droite. Mais alors quelle hâte d'en finir, quel désir d'atteindre la rive opposée, celle où l'on pourra enfin reprendre haleine, et advienne que pourra : on aura fait ce qu'on pouvait...

J'entends encore Claire et Alexandra qui, près de moi, me murmuraient : « Parle plus lentement. » J'en étais bien incapable, j'allais droit devant moi, je traçais ma route. Le sang me battait aux tempes ; c'est à peine si je m'entendis moi-même proposer ce qui fut la motion 1 053 — ma première motion, la seule que je citerai ici :

LE GRAND CONSEIL

Considérant .

- *le nombre de femmes contraintes à se prostituer ;*
- *le non-respect de la déclaration universelle des droits de l'homme ;*
- *l'insuffisance des moyens policiers face à l'exploitation de la prostitution ;*
- *les risques liés à l'installation d'un système mafieux ;*
- *la précarité des conditions sociales et de santé des personnes qui travaillent dans les lieux de prostitution tels que les salons de massages, les cabarets, les bars à champagne, etc.*

invite le Conseil d'Etat

— *à prendre toutes les mesures permettant l'application de la déclaration universelle des droits de l'homme (voir art. 3 et 4);*
— *à donner à la police les moyens nécessaires pour lutter contre l'exploitation de la prostitution;*
— *à intensifier l'aide aux associations qui fournissent des informations, des conseils de santé, offrent un soutien social et organisent la réinsertion des personnes concernées.*

Ce premier discours, ce premier acte politique, c'était ma revanche, ma déclaration de guerre — et d'amour aussi, j'espère qu'on l'aura compris. Ce n'était aussi, naturellement, qu'un premier pas.

Toutes mes interventions n'avaient pas ce seul objet. Pour ne prendre que quelques exemples, j'ai présenté des projets de loi visant à modifier la législation générale des impôts à l'intention des personnes handicapées, ou bien sur les pensions alimentaires pour les familles monoparentales. D'autres encore. Dans tous les cas, il me semblait qu'il y allait du droit des gens à vivre dignement.

Des gens... et des chats. A l'automne 1997, ma fille Judith m'a poussée à la plus folle de mes interpellations au Grand Conseil.

Quelques articles parus dans la presse avaient jeté Judith dans un grand émoi : un peu partout, des chats disparaissaient, qu'on ne retrouvait ni morts ni vifs. Non seulement, elle s'était mise à avoir peur pour Plume et Baghera, mais son sang n'avait fait qu'un tour à l'idée que ces chats pouvaient subir les pires traitements dans des laboratoires et autres sinistres officines. On parlait même de chats écorchés dont les peaux étaient revendues par un droguiste de la ville.

Dûment chat... pitrée par ma fille, j'apostrophai bravement le Grand Conseil pour exiger le vote d'un « statut des animaux domestiques » !

Comme il fallait s'y attendre, miaulements et autres cris d'animaux accueillirent mon intervention, montant d'un peu tous les bancs — les occasions de récréation sont rares au Parlement — et la présidente, pour rétablir l'ordre, dut longuement agiter sa sonnette en criant : « Chat suffit ! »

La trace de cet épisode a été conservée dans le *Mémorial des séances du Grand Conseil* en date du jeudi 2 octobre 1997, sous la cote IU (Interpellation urgente) 835, et sous le titre « Chat va mal ».

J'ajoute que si j'avais en partie formulé mon intervention sur le mode de l'humour noir, la cause m'apparaissait tout à fait sérieuse... au moins autant que beaucoup d'autres dont nous débattions en même temps.

Mon mariage avec Dominique m'a permis d'obtenir la nationalité française. Je suis donc binationale, ce qui est déjà une façon d'être européenne, d'anticiper une future « identité » européenne. Encore faudrait-il que la Suisse intègre la Communauté, ce qui est précisément un de mes objectifs en politique.

C'est dans cette perspective, en tout cas, que j'ai participé à la création d'une section genevoise du Parti socialiste français — la seule de ce type en Suisse.

Cette section, je l'ai fondée avec mon ami Gilbert. Gilbert est enseignant à l'Université, et il présente la particularité, assez rare pour être qualifiée de singularité, d'être binational suisse-allemand/français. Il n'y a rien qui me réjouisse davantage que de l'entendre parler le suisse-allemand et, tout de suite après, français avec le plus pur accent parisien...

Je ne sais presque rien de la vie privée de cet homme que j'aime tendrement et que j'appelle toujours « mon camarade préféré », mais il m'apparaît comme un homme très seul, un peu perdu — peut-être simplement parce qu'il est profondément humain.

Dans la vie publique, il est irremplaçable. Je ne connais personne qui soit à ce point passionné de politique, au sens le plus pur du terme. Il en connaît sur le bout des doigts les arcanes et le personnel, et c'est auprès de lui que j'ai fait et que je poursuis mon apprentissage.

Je suis vice-présidente de notre section. Pour Gilbert comme pour moi, elle représente beaucoup de travail (de travail administratif, d'abord), mais elle nous donne aussi de nombreuses satisfactions, dues à la qualité et à la diversité des gens qui viennent nous rejoindre. Il s'agit là d'une entreprise suffisamment originale et, je veux le croire, porteuse d'avenir, pour que je m'y consacre avec passion.

J'avais été bien inspirée de me soucier des handicapés ! A quelque temps de là, une nouvelle opération de la jambe m'a obligée à me rendre à une séance au Parlement dans un fauteuil roulant. Je ne recommande l'exercice à personne. Si, un jour, un handicapé en fauteuil roulant envisage de se faire élire député, il faudra qu'il exige de sérieux aménagements des locaux...

Il y avait plus grave. Tout avait été si vite ces dernières années, et je revenais de si loin, que je me suis soudain sentie prise d'une grande fatigue, comme je n'en avais pas connu depuis les mois qui avaient suivi mon retour de Paris.

Bonheurs et malheurs mélangés, trop rapprochés : la mort de ma mère, celle de mon père, mon accident et ses conséquences, mon divorce, la rencontre avec Dominique et notre mariage, la brutale accélération de ma « carrière » politique, le travail associatif qui me prenait beaucoup de temps et qui me replongeait dans mes années noires, le travail tout court, la faculté de psychologie, la naissance de Lisa et les inquiétudes qui avaient suivi — tout cela, que j'avais vécu sans répit et sans recul, me tombait dessus à la fois à la faveur, si je puis dire, de cette opération. Tout d'un coup, je n'en pouvais plus.

Je suis allée consulter un médecin, qui m'a effectivement trouvée épuisée, et qui attribua d'abord cette fatigue aux nombreuses anesthésies générales que j'avais dû subir, tout en prescrivant une série d'examens.

Dix jours plus tard, j'apprenais que j'avais des problèmes de paraprotéines.

— De... quoi ?

— Des protéines anormales, qui apparaissent dans certaines maladies du sang. A la longue, elles peuvent provoquer un cancer de la moelle osseuse, ou une leucémie.

Je restai un moment muette. J'avais pensé à tout, sauf à ça. Qui peut bien penser à des paraprotéines ?

A part ça, je ne devais surtout pas paniquer, ni même m'inquiéter. On procéderait à une ponction de la moelle osseuse tous les trois mois, puis tous les six mois, pour surveiller l'évolution de la chose.

— Très drôle, maugréai-je.

— Ce qui est drôle, c'est que ça vous arrive à vous. C'est une pathologie qu'on rencontre surtout chez des personnes âgées.

Mais peut-être étais-je beaucoup plus âgée que je ne le paraissais ? Peut-être avais-je vieilli plus vite que d'autres, tout au fond de mon corps ? La prostitution, la drogue, la désintoxication n'ont jamais passé pour des fontaines de Jouvence. Ou bien, à force de me servir de ma tête et de la surveiller, avais-je tout « somatisé » ?

Mais cette fois, c'était trop. L'annonce de la maladie a provoqué en moi un sentiment de ras-le-bol général qui a vite dégénéré en dépression nerveuse.

N'avais-je tant ramé, tant travaillé, tant vécu que pour mieux retomber ? Mon beau ciel bleu s'est plombé de gris ; je ne voyais plus de raisons de continuer.

Et puis, j'ai décidé de reprendre la lutte : ce doit être, chez moi, une forme particulière d'entêtement. J'ai participé à une thérapie de groupe. Nous étions tous des ex-quelque chose : ex-putes, ex-alcoolos, ex-toxicos — tous de grands blessés, des blessés de longtemps, même si nous menions aujourd'hui des vies parfaitement *clean*, avec travail, maison, mari, enfants, chiens et chats et des fleurs sur le bord des fenêtres. Mais, de temps à autre, la blessure se rouvrait, et alors c'est vrai qu'il était utile d'en parler, de dire des choses que nous n'aurions pas dites chez nous, ni à des amis.

Nous nous retrouvions un soir par semaine, pour une séance de psychodrames. Avec l'aide de deux thérapeutes, nous revivions nos vies d'avant sous forme de jeux de rôles. Je n'ai oublié aucun de ces éclopés, si attentifs, dans le courant de la vie, à cacher leur mal. J'étais particulièrement proche de deux femmes extraordinaires. L'une, très belle, qui était fondée de pouvoir dans une entreprise multinationale, qui parlait quatre langues, et qui avait deux enfants et un mari aimant... ex-cocaïnomane, ex-héroïnomane, ex-prostituée sur un trottoir allemand. Et l'autre, si courageuse — huit ans de trottoir, et puis le chômage, la galère, un divorce et enfin un travail de vendeuse, une nouvelle vie de famille. C'étaient de sacrées filles. Nous étions toutes de sacrées filles.

Je suis sortie de ce trou noir, dont je veux croire qu'il aura été le dernier. Quant à la maladie, elle est toujours là, bien entendu, mais j'ai appris à vivre avec, et surtout à ne pas lui donner de raisons de progresser. Ce n'est pas maintenant que je vais me laisser emmerder par des paraprotéines !

1997

En 1997, je suis devenue présidente d'Aspasie, une association qui se propose d'être un lieu de réflexion et d'échange sur la réalité sociale de la prostitution. Un lieu d'action, aussi, puisque Aspasie tente de prévenir l'exclusion sociale des prostitués, hommes et femmes, et de leur fournir un soutien lorsqu'ils le demandent.

Aspasie était cette célèbre courtisane grecque du Ve siècle, compagne de Périclès, le père de la démocratie athénienne, avec qui elle formait le couple le plus brillant et le plus décrié de la ville. Leur demeure était le rendez-vous de tous les intellectuels de l'époque — réunion qui portait d'ailleurs le nom de « Cercle d'Aspasie » : Alcibiade, Sophocle, Socrate, Phidias en faisaient partie. Elle-même exerça une grande influence sur la vie politique de la cité. Bref, un modèle idéal.

L'association a été fondée en 1982 par des prostituées qui travaillaient dans la rue et qui voulaient faire reconnaître leur statut. A partir de 1985, avec l'extension du sida, elle s'est également tournée vers les problèmes de prévention.

Je n'avais pas attendu d'être députée pour me soucier des formes que la prostitution prenait en

Suisse. Le travail législatif est de première importance, puisque c'est tout de même à l'Etat de savoir dans quel monde il veut faire vivre les femmes et les enfants qui se trouvent sur son sol, mais dans ce domaine-là comme dans les autres, il s'inscrit dans le long terme. Et c'est maintenant, c'est tous les jours, c'est toutes les nuits qu'il y a des filles sur le trottoir.

Ce n'est toutefois qu'en 1993 que j'ai pris contact avec Aspasie. Peut-être m'avait-il fallu tout ce temps pour être en mesure de regarder de nouveau la prostitution en face, pour la considérer comme ce qu'elle est : une réalité économique et sociale, *donc politique*. Si la chose était possible, ne fallait-il pas que mon expérience serve ?

Rendez-vous avait été pris un soir, à 22 heures, au siège de l'association, au cœur des Pâquis, le quartier « chaud » de Genève.

A l'heure dite, personne. Je me retrouvais à faire le pied de grue devant l'immeuble, quand un type m'aborda et me demanda :

— C'est combien ?

On me croira ou pas, mais, sur le coup, je ne compris pas sa question. J'avais perdu l'habitude d'être traitée comme une marchandise.

Il faut comprendre que ce n'est pas l'habit qui fait la pute, mais, dans certaines circonstances, le simple fait d'être une femme. Mon attaché-case, mes lunettes rondes genre intello, mon jean et ma veste très stricte, très comme il faut, n'y avaient pas suffi. Dans un quartier chaud, s'il y a une fille sur un trottoir, il *faut* lui demander : « C'est combien ? »

— C'est combien quoi ? ai-je fini par répondre.

J'étais presque de bonne foi.

Sur ces entrefaites, Mireille, avec qui j'avais rendez-vous, est arrivée, désolée de son retard.

— Excusez-moi, m'a-t-elle dit, mais je faisais le tour du quartier pour voir les femmes.

Elle était accompagnée d'une de ses collègues, assistante sociale Je leur ai raconté ma vie. Toute ma vie, à l'exception de mon enfance : la drogue, le trottoir, le retour, et où j'en étais à présent.

— Je voulais faire votre connaissance, ai-je conclu. Si vous avez besoin d'une bonne volonté, appelez-moi.

Et comme elles s'étonnaient que je veuille ainsi replonger dans un univers que j'avais réussi non seulement à fuir, mais à conjurer, je leur ai expliqué que rien, au contraire, ne me paraissait plus naturel. J'avais été prostituée, ce n'est pas vraiment une chose qu'on oublie.

J'ai rencontré à Aspasie une foule de gens merveilleux : prostituées, travailleurs sociaux et autres, qui, sans prôner l'interdiction de la prostitution — qui ne ferait qu'aggraver la vie des prostituées de toutes les contraintes et de la précarité dues à la clandestinité —, déploient une énergie considérable pour l'« humaniser », en limiter les dégâts sur la vie des gens et battre en brèche aussi bien la loi du silence qui l'entoure que les fausses idées qui circulent à son sujet.

Le comité d'Aspasie a beaucoup évolué au fil des ans. Actuellement, il est composé pour moitié de bénévoles, pour moitié de prostituées.

La prostitution de rue, à Genève, présente cette particularité, par rapport aux autres grandes villes, qu'il n'y a pas — ou presque pas — de proxéné tisme. Les femmes vivent normalement leur vie de couple ou de famille à côté de leur travail.

Ce tableau idyllique appelle toutefois quelques retouches : la rue, c'est traditionnellement le quartier des Pâquis, mais c'est aussi le boulevard Helvétique. Là, on trouve des filles très jeunes, de moins de vingt ans, presque toutes droguées.

Le boulevard Helvétique est une longue artère très fréquentée par les automobilistes, mais totalement dépourvue d'endroits sûrs. Les passes ont le plus souvent lieu dans la voiture du client.

On est là, si j'ose dire, dans le cadre de la prostitution éternelle, à quoi seule la drogue vient ajouter un zeste de modernité. C'est ici qu'Aspasie a basé son bus d'accueil, justement appelé « Boulevards ».

Conjointement avec le groupe Sida Genève, nous avons mis en œuvre un programme destiné d'abord à la prévention du sida et des autres maladies transmissibles. Le bus est ouvert cinq nuits par semaine. Il est le lieu de rencontre et d'information qui faisait défaut jusqu'ici. Un refuge aussi, le cas échéant. Les personnes qui se prostituent viennent y chercher des préservatifs et des seringues neuves. Des conseils, aussi. Elles viennent parler.

Nous ne prétendons rien résoudre du tout ; nous sommes là pour prévenir. Prévenir sans cesse et, chaque fois que c'est possible, limiter les risques, n'est-ce pas faire œuvre utile ?

Et parler, écouter, n'est-ce pas aussi faire œuvre utile ? Il y a tant de silence et de solitude dans et autour de la prostitution...

Il y a aussi les salons de massage, et cela, c'est une autre affaire. Ils sont environ cent vingt à Genève, qui emploient officiellement cent soixante-cinq filles, dont un tiers seulement est d'origine suisse, plus un nombre indéterminé de non-déclarées.

Les patrons ou patronnes de ces salons et les filles elles-mêmes s'efforcent de faire valoir qu'il ne s'agit pas là de prostitution, uniquement de massages — bref, ce serait un travail comme un autre.

Argument étrange. D'abord, beaucoup des filles qui travaillent dans ces salons sont des clandestines qu'on se dépêche de planquer à la moindre alerte. Ensuite, même pour celles qui ont effectivement un contrat de travail, celui-ci est toujours des plus aléatoires. Pas de vrai salaire, pas de convention collective, on s'en doute. Généralement, les choses se passent de la manière suivante : les filles versent 50 % de leurs gains au propriétaire du salon, ou bien s'acquittent d'une location pour la cabine de massage

Tristement exemplaire est l'histoire de cette jeune étrangère qui a rencontré dans son pays, alors qu'elle était encore étudiante, son futur mari, citoyen helvétique.

Aussitôt après leur mariage, il l'a emmenée en Suisse et, très vite, il l'a fait entrer dans un salon de massage comme standardiste, avant de lui demander de « faire comme les autres ». Puis, il l'a mise sur le trottoir, puisque, disait-il, « c'est la même chose ». Encore amoureuse, elle l'a fait, et puis, un jour, elle en a eu assez et a déposé plainte contre ce mari qui n'était plus qu'un mac. Relâché après quinze jours de prison, il est parti plus loin, où il recrute des filles qu'il expédie en Suisse.

Histoire entre mille, et l'on voudrait nous faire croire qu'il n'existe, dans le commerce du massage, ni prostitution ni proxénétisme !

Et puis, il y a les cabarets et ce qu'on appelle en Suisse les « bars à champagne », qui sont encore un autre monde. A Genève comme partout ailleurs, les stripteaseuses, les filles qui font boire le client ou qui dansent avec lui se livrent presque toujours à la prostitution, que ce soit librement ou sous la contrainte. C'est comme ça que j'ai commencé à Bruxelles.

C'est naturellement dans ce monde-là qu'on trouve le plus d'intermédiaires. Mais le problème nouveau, et peut-être le plus alarmant, c'est l'arrivée massive, dans les cabarets, des filles venues des pays de l'Est.

La chute du communisme a libéré en grande partie les flux migratoires venus de ces pays. Les reflets des vitrines ont fait briller les yeux des filles, la couleur du dollar allumé ceux des types et l'émergence d'une puissante mafia russe a fait le reste.

Ces filles viennent pour la plupart de Russie, d'Ukraine et de Roumanie. Elles sont dix mille à se prostituer en Hongrie et en République tchèque, lesquelles ne constituent souvent qu'une étape vers l'Europe occidentale. Les recruteurs, rabatteurs, ou ce qu'on voudra, les envoient ici, où elles arrivent comme « artistes » pour peupler les cabarets. Naturellement, qu'elles soient ou non contrôlées sur place, elles se prostituent à peine arrivées, ne serait-ce que parce qu'elles sont presque toujours endettées à l'égard de ceux qui ont organisé et financé leur voyage et qui ont commencé par le leur faire payer : il n'y a pas de petit profit.

Une centaine d'autorisations de séjour sont délivrées chaque mois pour le seul canton de Genève, mais le nombre de ces « artistes » est invérifiable, d'autant qu'elles ont tendance à tourner d'une ville à l'autre.

Or, cet afflux pose un double problème. De santé, d'abord, puisqu'elles viennent de pays où l'information sur le sida et sa prévention sont pratiquement inexistantes. De sécurité, aussi : jusqu'à une période récente, il n'y avait pas vraiment, à Genève, de milieu organisé contrôlant la prostitution. Ce risque existe désormais, puisque avec les filles, ou avant elles, arrivent les hommes qui surveillent et gèrent le réseau, et dont on peut craindre qu'ils ne veuillent faire main basse sur tous les circuits de la prostitution. A Zurich, par exemple, 50 % des filles viennent maintenant des pays de l'Est, ce qui revient à dire que, dans ce domaine au moins, la mafia russe arrive à s'imposer.

Nous avons évoqué tous ces sujets devant la commission judiciaire du Grand Conseil, et ma motion, celle que j'avais présentée d'une voix si tremblante lors de ma première prise de parole au Parlement, a été adoptée, ainsi que ma proposition de la création d'un groupe paritaire Etats/prostituées/associations, institutionnalisant une concertation permanente.

C'est quelque chose. On peut même dire que c'est beaucoup. Ce n'est pas suffisant, et nous savons bien qu'il ne faut surtout pas relâcher la pression ni cesser d'être vigilants si nous ne nous voulons pas que ces résolutions aillent se perdre dans le désert des bonnes intentions.

En tant que députée, je ne pouvais guère faire plus. En tant que militante d'Aspasie, c'est tous les jours qu'il faut travailler, avec toutes les difficultés qu'on peut imaginer et qui tiennent beaucoup à notre manque de moyens. Nous avons cependant réussi à mettre sur pied notre projet « Femmes migrantes », qui consiste à organiser l'accueil et l'information des filles venues d'Afrique, d'Amérique du Sud, d'Asie et d'Europe de l'Est, par des médiatrices appartenant au même groupe culturel qu'elles.

Fin juin-début juillet 1998, se tiendra à Genève le Congrès mondial sur le sida. Ce sera l'occasion pour nous d'avoir des échanges avec des associations du monde entier, qui ont besoin de contacts en Europe. Ce n'est pas le travail qui manque.

Du temps, j'en ai davantage maintenant pour mon travail associatif car depuis le mois d'octobre 1997, je ne suis plus députée mais « viennent-ensuite ». Comme pour la précédente élection je me retrouve en attente d'un siège... mais je ne reste pas les bras ballants, les projets se bousculent, et j'ai retrouvé ma fonction de juge assesseur, après l'avoir laissée pour incompatibilité lors de mon élection en octobre 1995.

Et maintenant, j'écris ce livre.
Je l'ai dit en le commençant, j'obéis là d'abord à un motif personnel, égoïste même. Si je veux que tout soit fini, il faut que j'aie tout dit. Je crois l'avoir fait.
Pour que tout continue, il faut d'abord apurer les comptes.
Il y a ce que la vie fait de vous ; il y a aussi ce qu'on en fait, soi-même. Je ne vois pas ce qu'on viendrait me demander de payer, et qui pourrait l'exiger. C'est à moi-même de me demander ces comptes, et je le fais chaque jour. Je paye, peut-être, mais c'est une transaction entre moi et moi — c'est-à-dire que c'est ma liberté. Je ne suis débitrice de personne, ou seulement de ceux qui m'ont aimée pour ce que je suis.
C'est à moi de m'arranger de mes blessures physiques et psychiques. Je l'ai toujours su, et cela m'a rendue plus sensible à celles des autres.
On m'a volé mon enfance, et le pire, peut-être, est que sur le coup, et même longtemps après, je m'en suis à peine rendu compte : j'étais une chose dans l'ordre des choses, et je ne voyais pas pourquoi j'aurais fait une histoire de ce qui m'arrivait. Les ravages se faisaient tout seuls, presque à mon insu.
C'est beaucoup plus tard, très tard vraiment, que j'ai

compris toute la monstruosité de ce qui s'était passé. Et c'est en regardant ma fille que j'ai compris.

Judith avait huit ans. Elle était là, assise sur le canapé du salon, une peluche dans les bras. Elle était si jolie, et si petite aussi. Presque un bébé encore. Je n'avais encore jamais mesuré à quel point on est petit à huit ans. Et c'est pourtant l'âge que j'avais, à peu près, la première fois qu'un homme a posé la main sur moi.

Judith était là, les yeux dans le vague, rêvant à je ne sais quoi. Mais pas à ça, sûrement pas. Les petites filles de huit ans ne pensent jamais à ça, ce sont les hommes qui le croient. Et c'est pourquoi il est monstrueux de mettre sous leurs yeux, dans leur corps cette réalité-là, qui est peut-être une réalité, mais qui n'est pas la vérité. Ensuite toute leur vie, elles confondent tout.

Elles mettront beaucoup de temps à apprendre à aimer, et même à supporter d'être aimées. Beaucoup n'y arriveront jamais, et dès lors, leur voie est toute tracée : 85 % des prostituées américaines disent avoir été victimes de sévices sexuels dans leur enfance.

C'est cela qui est intolérable, et c'est cela qu'il faut dénoncer absolument, sans aucune complaisance.

Aux Philippines, en Thaïlande, des enfants de six ans se prostituent; ce n'est pas une vocation chez eux. A Bombay, on les met dans des bordels à dix ans. Et tout près de nous, ici, en Pologne, en Russie, des jeunes filles de seize ans sont vendues, livrées à des claques d'Allemagne, de France et de Suisse. Combien d'entre elles seront violées, tuées, un pic à glace dans leur jeune cœur ?

Sur les mêmes trottoirs, rue Saint-Denis ou à Bruxelles, à Genève et partout, des femmes de soixante ans, moquées, injuriées, attendent toute la nuit l'improbable client qui leur permettra de payer leur loyer.

Cela cessera-t-il un jour ? Probablement pas, puisqu'on ne cesse de nous répéter que c'est le plus vieux métier du monde et qu'on ne change pas la nature humaine. Sans doute, peut-être, je ne sais pas... Est-ce une raison pour tout accepter ? L'existence d'une demande suffit-elle à justifier n'importe quelle offre ?

Et les filles, quand cessera-t-on de tolérer l'espèce de martyre rampant qui est celui de beaucoup d'entre elles et dont personne ne se soucie, au beau prétexte qu'« elles n'ont qu'à faire autre chose » et qu'« on ne leur met pas un pistolet sur la tempe » ? Ce qui est loin d'être toujours vrai, d'ailleurs. Si je ne m'étais pas enfuie, qui sait si j'aurais échappé au revolver de Jean-Michel ?

Il y a autre chose : la prostitution telle que nous la connaissons — et qui n'a rien à voir avec la prostitution sacrée de l'Antiquité ni avec le beau personnage d'Aspasie — ne reposerait-elle pas sur la haine judéo-chrétienne de la femme ? Son mépris, au moins. Si les prostitués étaient des hommes, et les clients des femmes, qui l'accepterait ? Qui viendrait nous parler de la nature humaine ? Et la prostitution s'accompagnerait-elle alors d'autant de violence, de déconsidération, de dégradation ?

C'est entendu, on ne supprimera pas la prostitution. Mais est-il impossible qu'elle devienne presque un métier comme les autres (et non pas dans le sens où le disent les macs, où le disait Jean-Michel) — un métier reposant sur l'échange et la compréhension ? Sur le respect. Un métier qui permettrait à celles qui l'exercent de se respecter elles-mêmes, chose qu'elles cessent très vite de faire, ce qui les détruit plus sûrement que n'importe quoi d'autre.

Il faut que les prostituées cessent de se sentir « sales » comme on leur répète, depuis la nuit des temps, qu'elles le sont, au point que même l'argent qu'elles gagnent, elles le trouvent trop sale pour le garder, et qu'elles le dilapident à mesure, si bien qu'elles se retrouvent sans rien le jour où elles sont trop vieilles pour « servir ». Bien rares, dans leurs histoires, sont les happy ends.

J'ai échappé à cela. Ce ne fut pas facile, mais je l'ai fait. Je ne sais pas si ma fin sera heureuse, mais mon présent l'est. J'ai retrouvé l'amour, ou bien l'amour m'a retrouvée. Et vous êtes là, Judith, Lisa...

Aujourd'hui, comme toutes les femmes (comme tous les êtres), je suis heureuse lorsque je me sens belle dans le regard de l'autre, lorsque je me sens respectée, mise en valeur, ou simplement intéressante.

Ma vraie réussite ne tient pas au fait d'avoir été députée, présidente d'association ou étudiante à l'université, mais tout simplement à celui d'être heureuse.

Et je suis heureuse, surtout, lorsque je me sens utile. C'est pourquoi j'ai choisi ce combat. C'est pourquoi je ne désarmerai pas.

Mon chemin a été difficile, et il le sera encore, certainement. Mon enfance abîmée, la nuit de Bruxelles, les trottoirs de Paris, la coke et son cortège infernal, ses brûlures, mes deuils et mes amours — je ne suis pas indemne.

Mais je suis vivante, et l'on ne vit pas sans danger. Le pire est passé, certainement, le cauchemar terminé. Il me reste des rêves, et c'est une grande victoire qu'il me reste des rêves.

« La crainte de la souffrance est pire que la souffrance elle-même, dit l'Alchimiste de Paulo Coelho. Aucun cœur n'a jamais souffert alors qu'il était à la poursuite de ses rêves. »

Mille mercis à
Sylvie Genevoix
Pierre Bellemare
Pierre Peuchmaurd.

*La composition de cet ouvrage
a été réalisée par l'**Imprimerie Bussière**
l'impression et le brochage ont été effectués
sur presse Cameron
dans les ateliers de **Bussière Camedan Imprimeries**
à Saint-Amand-Montrond (Cher)
pour le compte des Éditions Albin Michel.*

Achevé d'imprimer en juin 2002.
N° d'édition : 20975. N° d'impression : 022822/4.
Dépôt légal : avril 1998.
Imprimé en France